깊은 밤을
　　건너온
너에게

여백을 담는 일상의 빛깔

방수진 글·그림

깊은 밤을
　　건너온
너에게

깊은 밤을
건너온
너에게

1쇄 발행 2022년 4월 7일

지은이 방수진
펴낸이 이근미
펴낸곳 이다북스

출판등록 제312-2013-000012호
주소 경기도 파주시 탄현면 오색나비길 42-17, 204호
전화 031-944-0554
팩스 031-944-0552
이메일 design_eda@naver.com
홈페이지 edabooks.co.kr
페이스북 edabooks
인스타그램 @edabooks

물류 신영북스
인쇄 재원프린팅
종이 영은페이퍼

ISBN 979-11-91625-37-0 03810

이다북스는 나무에게 미안하지 않게 책을 만들겠습니다

PROLOGUE

수채화는 서양화의 하나로, 물감을 물에 풀어 종이에 그린 그림을 말한다. 유화는 물감을 기름에 개어 그리는 그림이다. 수채화는 유화보다 값이 저렴하고, 유아부터 성인까지 다양한 연령층이 그릴 수 있는 재료다. 종이와 물감, 붓, 물만 있으면 그릴 수 있는 용구의 간편함 때문에 야외에서 그리기에 적합하다. 온도가 높은 날은 수채화의 건조 속도가 빨라 그림을 완성한 뒤 바로 액자에 넣을 수 있다. 투명하게 번지는 기법, 극사실적인 표현, 재질감에 따라 재질미를 회화적으로 표현할 수 있다. 무한한 표현 방법을 이용해 디자인과 일러스트레이션 등의 분야에서 사용되고 있다.

나는 시각디자인을 전공했다. 입시 준비는 연필과 아크릴 물감으로 했고, 수채화는 중학교 때까지 그린 것이 다였다. 공백기를 거쳐 수채화를 다시 그렸는데, 왜 하필 수채화였을까? 유화, 아크릴, 수채화, 과슈, 색연필, 오일파스텔 등 여러 재료로 그림을 그려보았고, 그중에서 맑고 투명한 수채화는 나를 표현하기에 충분했다.

명료하지 않은 듯 보이는 수채화에도 강약이 존재했다. 묘사가 필요한 부분은 집중해서 그렸고 여백은 시원하게 비워 놓았다. 묘사와 여백은 생각을 쌓고 비우는 과정과 같았다. 수채화는 생각이 많아 비워야 하는 내게 '가벼워도 괜찮아.', '흘려보내도 괜찮아.'라고 말해주는 것 같았다.

수채화의 장점을 살리려면 물 조절이 중요하다. 물을 적게 사용하면 붓질이 그대로 드러나는 세밀화를 그릴 수 있다. 물을 많이 사용하면 색감이 부드럽게 번지고 경계선도 연해진다. 경계선이 없는 배경을 채색할 때 종이에 물을 먹이고 그리기도 한다. 하지만 과도한 물 먹임은 물감의 흐름을 통제할 수 없게 만든다. 이럴 때는 종이 타월을 이용해 물의 양을 조절해야 한다. 팔레트에서 여러 색을 섞어 칠하면 마른 뒤 원하던 투명함을 얻기 힘들다. 선택한 색상을 종이에 칠하려면 채색 계획과 더불어 연습을 통한 자신만의 데이터가 있어야 한다.

원하는 농도를 찾기까지 상당한 노력과 인내의 시간이 필요하다. 나를 찾기 위한 과정과 적당한 농도를 찾는 과정은 닮았다. 수많은 시행착오를 거쳐 자신만의 농도 조절 방법을 터득할 수 있다. 물의 흐름이 자연스러운 수채화를 원한다면 농도를 연하게 한 뒤 차곡차곡 물감을 쌓아가야 한다. 그림의 중심을 잡은 다음, 주변이 자연스럽게 번지기 원한다면 한 번에 농도를 진하게 해야 한다. 그렇지 않으면 작품이 탁해질 수 있다. 연습량이 적으면 자신이 원하는 수채화를 그릴 수 없다.

누군가가 내게 '수많은'의 기준을 물었다. 나는 모른다. 각자의 삶이 다르듯 '수많은'의 조건과 기준은 다르다. 연습을 통해 적당한 농도를 조절할 수 있을 때 비로소 그 말의 의미를 깨달을 것이다. 평범한 삶이 어렵듯 적당한 농도를 찾는 것 또한 쉽지 않다.

농도를 조절하는 연습을 거치다 보면 투명성을 확보하더라도 마음에 들지 않은 그림이 나올 수 있다. 그럼에도 불구하고 수채화를 그리면서 얻을 수 있는 것이 있다. 자신만의 '농도'를 느낄 수 있다는 것이다. 이 책은 그 농도를 사계절로 나누어 이야기하고 있다.

봄에는 새로운 것에 도전하고 싶은 열정과 생각이 가득하고, 여름에는 가벼운 몸과 마음으로 할 수 있는 즐거운 것을 찾고, 가을에는 감정이 예민해져 불안감과 답답함을 느끼고, 겨울에는 고독을 즐기되 우울해지지 않으려 노력하는 모습이 담겨 있다. 계절마다 바뀌는 것이 감성과 이성만이 아니었다.

나는 계절마다 몸살을 앓고 비염과 피부 염증이 심해진다. 계절에 예민한 사람이 수채화를 그리면서 느낀 삶의 농도 이야기를 꺼내볼까 한다.

CONTENTS

summer ● 마음을 담는 시간

fall ● 삶의 농도

winter ● 깊은 밤을 건너온 사람에게

EPILOGUE

그림 안에 행복이 있음을 알기에
글을 쓰며 나만의 풍경을 만든다

spring

이 토록 투명한 날

봄을 그리다

  유난히 추웠던 겨울도 지나고, 눈꽃으로 뒤덮인 거리
가 어느새 봄향기로 가득해졌다. 얇아진 외투 안에 치마
를 입고 굳게 닫혀 있던 현관문을 열었다. 거리로 나서자
코끝을 간질이는 봄향기가 얼어붙은 마음을 녹여주었다.
봄기운이 좋아 목적지 없이 걷고 또 걸었다.

  발걸음이 이끄는 대로 간 곳은 강이었다. 그곳에는 저
마다 봄을 즐기는 풍경이 있었다. 연인, 가족, 달리기하
는 사람, 의자에 앉아 음악을 듣는 사람……. 모습은 제
각기 다르지만, 봄을 맞이하는 것은 같았다.

  눈길을 사로잡는 연인이 있었다. 여자는 힘든 일이 있
었는지 격앙된 목소리로 남자에게 자기 이야기를 하고
있었다. 그녀의 마음을 이해한다는 듯 고개를 끄덕이며
맞장구치는 남자의 모습이 따뜻했다. 마스크에 가려 얼
굴을 볼 수 없었지만, 연인을 바라보는 그의 눈빛은 봄볕

이었다. 사랑의 콩깍지에는 유효 기간이 있지만, 언제라도 그의 콩깍지가 벗겨지지 않기를 바라고 바란다.

그들을 보고 있자니 옛 시절이 떠올랐다. 따뜻했던 남편과의 봄날을 그리며 혼자 미소 지었고, 생각은 명화로 이어졌다.

이중섭의 〈벚꽃 위의 새〉 속에서 벚꽃과 꽃잎, 새와 청개구리의 조화가 봄의 생기를 선물했다. 〈봄 꽃다발〉로 자신만의 화사한 색을 뽐낸 인상주의 화가 오귀스트 르누아르는 빨강, 노랑, 파랑, 초록을 선명하게 칠하며 꽃병 속의 다양한 꽃에 생기를 불어넣었다.

봄을 주제로 한 수많은 작품 중 울림이 큰 그림은 프레데릭 차일드 해섬의 〈센트럴 파크의 봄〉이다. 미국의 인상파 화가인 그는 도시와 해안 풍경을 주로 그렸다. 그는 선명한 색채로 강렬한 푸른 하늘과 초록빛 잎사귀, 반짝이는 하얀빛이 담긴 뉴잉글랜드와 뉴욕의 시골 풍경을 화폭에 담았다. 그는 3천 점이 넘는 작품을 남겼으며, 그의 작품 중 〈빗속의 거리〉는 백악관의 영구 미술 소장품으로 있다. 오일, 수채, 에칭, 석판화 등을 제작한 그의 열정을 닮고 싶었다.

캔버스는 빛과 색으로 일렁거렸고, 리듬감 넘치는 붓

터치는 대기 중에 둘러싸인 빛을 표현하기에 부족함이 없었다. 봄향기를 풍기는 배경 속에 두 아이와 엄마의 모습이 보였다. 평온한 순간을 보내는 그들에게서 희망이 보였다.

그림은 사진첩을 들춰 보게 한다. 아기 때부터 초등학교 입학 전까지의 모습이 사진에 담겨 있었다. 삶이 버거웠기에 아이들과 나눈 시간 하나하나를 소중히 담지 못했다. 자고 일어나면 해야 할 일이 산더미 같았고, 집안을 청소하고 돌아서면 말썽꾸러기 세 아이의 요구를 들어주기에 바빴다. 사건 사고가 끊이지 않아, 체력이 약한 나는 낮잠을 자야만 했다. 시간에 쫓겨 낮잠을 자지 못할 때면 어김없이 저녁 8시 이후 《지킬 박사와 하이드》의 하이드가 되어 아이들에게 짜증을 냈다.

런던에서 이름난 자선가이자 학식이 높은 지킬 박사는 '약'을 먹고 선과 악을 넘나들었다. 점차 악이 선을 이겨 약을 먹지 않아도 하이드로 변했고, 결국 지킬 박사로 돌아가지 못한 채 자살했다. 내게 '약'은 아이들과 24시간 집에만 있는 상황이었다. 그 안에 놓이면 악한 마음이 나를 괴롭혔다. 아이들이 바라는 엄마는 온데간데없고 버럭 화부터 내는 엄마가 아이들을 억압했다.

몇 번의 시행착오 끝에 아이들과 내 감정이 격앙되기 전의 시점을 이해했다.

서로의 감정이 쌓여 폭발하기 전에 아이들과 산책하러 나갔다. 아이들과 산책하며 느끼는 감정을 놓치지 않기 위해 펜과 종이를 챙겼다. 가벼운 드로잉은 산책 시간을 점점 길게 해주었고, 아이들은 쌓인 스트레스를 자연과 함께하며 풀 수 있었다. 무엇보다 아이들이 뛰어노는 모습을 그림에 담으면서 행복했고, 그 마음을 더 누리기 위해 다음날도 아이들과 함께 집을 나섰다. 사소하지만 산책으로 우리는 이전보다 단단해졌다.

이유 없는 짜증이 명치끝에 걸려 내려가지 않을 때는 그림 도구를 들고 밖으로 나간다. 봄바람이 싣고 온 은은한 꽃향기를 맡으며 그림을 그리다 보면 어느새 차분해진다. 봄이 주는 생기를 그림에 담기 위해 캔버스를 꺼낸다. 알록달록 빛나는 색채의 속살들은 내게 가려 있던 희망과 용기를 안겨준다. 봄의 생동감과 열정을 놓치지 않기 위해 다시 캔버스 위에 봄을 그린다.

생각의 결

생각이 비슷한 사람을 만나면 오랜 친구를 만난 듯 반갑고 기쁘다. 나이가 어리고 많음은 중요하지 않다. 나이가 많아도 아이 같은 사람이 있고, 나이가 어려도 생각이 깊은 사람도 있다. 생각의 결이 맞는 사람들에게서 안정감을 얻고, 그들의 든든한 울타리 안에서 생각을 키워나갈 수 있다. 성장한 생각은 삶의 중심이 흔들리지 않게 도와준다. 생각의 결이 비슷하다는 것은 자신에게 맞는 수채화 종이를 찾는 것과 같다.

수채화 종이는 표면의 질감이 거친 정도와 물을 머금는 시간에 따라 황목, 중목, 세목으로 나뉜다. 황목은 표면의 돌기가 가장 많다. 물을 머금은 붓으로 그리면 종이의 움푹 팬 부분에 물감이 고여 돌기들이 알갱이처럼 두드러진다. 물이 거의 없는 붓으로 그리면 돌기 부분에 물감이 채색되어 거친 질감을 표현할 수 있다. 이런 특성 때문에 황목은 세밀한 묘사에 적합하지 않다. 중목은 황목과 세목의 중간 단계다. 결이 약간 있기에 세밀한 묘사와 다양한 기법을 할 수 있다. 세목은 표면 질감이 거의 느껴지지 않을 정도로 부드러워 주로 묘사와 고르게 채색할 때 사용된다.

같은 색이지만, 그림을 그릴 때 황목이 상대적으로 어둡게 보인다. 종이 질감으로 반사되는 빛의 영역이 다르기 때문이다. 내가 주로 사용하는 수채화 종이는 황목이다. 중목과 세목에 비해 물과 물감의 번짐이 자연스럽고 붓자국이 거의 남지 않는다. 물과 물감 농도를 조절할 수 있다면 황목 위에서 자유롭게 그릴 수 있다. 처음부터 황목에 그리다가 세목으로 바꾸면 당황할 수 있다. 물을 머금는 시간이 황목에 비해 짧아 물과 물감이 번지는 범위가 작고 붓자국이 남기 때문이다.

수채화 종이를 살 때 표지에 면 함유량이 표시되어 있다. 면 함유량이 많을수록 물 흡수력이 높고 종이가 벗겨지는 현상이 적다. 면 함유량이 높은 종이는 잘못 그리면 수정할 수 있다는 안정감이 있다. 인간관계도 그렇다. 신뢰가 두터울수록 자신의 단점과 약점을 보여주는 것을 염려하지 않는다. 있는 그대로 자신을 아끼고 사랑해주는 사람이라는 믿음이 있기 때문이다.

겉은 화려한 표지이지만 속이 얇은 수채화 종이는 싫다. 종이뿐 아니라 겉과 속이 다른 사람과 만남은 고통이다. 관계를 계산하고 이득을 챙기려는 속셈이 보인다. 타인의 불행에는 관심이 없고 오히려 그의 불행을 이용한다. 이것을 지적하면 반성할 줄 모르고, 끝없이 변명하면서 자신을 정당화하려 한다. 이런 사람을 만나지 않으려면 어떻게 해야 할까? 생각하고 생각해야 한다. 생각하지 않고 계산하려 들면 안 된다. 계산하려 드는 순간 그런 사람이 곁에 모일 것이다.

황목은 표면의 질감이 가장 거칠어 익숙해지는 과정이 다른 종이에 비해 길다. 내게 거친 황목은 열정적인 사람과 같다. 도전과 성장으로 채색한 열정적인 사람은 내 인생의 MSG다. 주로 담백한 맛을 좋아하지만, 가끔 매운맛과 짠맛도 필요하다. 심심한 인생에 활기를 불어넣고 싶을 때는 황목처럼 거칠고 열정적인 댄스 선생님을 찾아가곤 했다. 처음에는 다루기 힘들지만 익숙해지면 원하는 번짐과 붓자국을 남길 수 있는 황목처럼 댄스와는 거리가 먼 뻣뻣한 몸이었으나 선생님의 열정 덕분에 웨이브를 할 수 있었다.

중목은 황목과 세목의 장단점이 적절하게 섞여 있다. 표면의 질감, 물을 머금는 시간, 붓자국 모두 적당한 중목은 편안한 사람과 같다. 적당한 거리를 유지하며 인간관계를 맺는다면 그는 자신이 어떨 때 행복하고 편안한지 아는 사람이다. 자신의 감정을 알고 있기에 타인의 언행을 존중하거나 흘려보낼 수 있다.

세밀한 그림을 그릴 때 사용하는 세목은 예민한 사람과 같다. 나는 머릿속이 복잡한 예민한 사람이다. 평소 내가 하고 싶은 말을 하지 못하다가 어느 순간 폭발했다. 이대로 살다가는 화병으로 마음과 몸을 해칠 것 같았다. 나 자신과 잘 지내려면 나를 표현하는 연습이 필요했다. 상담사와 대화를 나누며 자신과 타인을 지키는 대화의 적절한 선을 이해했고, 예민함이 장점이 되어 그림 그리는 사람이 될 수 있었다.

수채화 종이는 크게 황목, 중목, 세목으로 나뉘지만, 제조사에 따라 결의 차이가 있다. 종이뿐만이 아니다. 우리는 같은 사람이지만, 저마다 생각의 결이 다르다. 다름을 인정하고 존중한다면 조화로운 인생이 담긴 그림을 세상에 걸 수 있지 않을까.

관계를 혼합할 때

빨강과 노랑을 섞으면 주황이 되고, 빨강과 파랑을 섞으면 보라가 된다. 색을 섞기만 한다고 해서 자신이 원하는 색이 나오는 것은 아니다. 색 혼합 비율의 합을 10이라 해보자. 어떤 경우에는 빨강이 3, 노랑이 7일 때 원하는 주황이 나올 수 있다. 다른 경우에는 빨강이 4, 노랑이 6일 때 기대한 주황을 얻을 수 있다. 원하는 색을 얻으려면 색의 비율을 잘 조절해야 한다. 비율에는 물과 물감의 농도가 포함되어 있다.

물감은 자신이고, 물은 상대다. 물감보다 물의 양이 많으면 색이 흐릿하거나 물감 본연의 색을 확인하기 힘들다. 반대로 물감이 많고 물의 양이 적으면 수채화의 매력인 물 번짐이 사라진다. 물감과 물의 적당한 비율은 수채화의 매력을 자아낸다. 상대가 자신에게 더 들어오면 관계에 어려움을 겪는다.

상대방은 원하지 않았는데, 나는 더 주려 했고 이해하려 했다. 그 사람에게 좋은 사람이 되고 싶었다. 하지만 나와 그는 서로 원하는 좋은 사람의 기준이 달랐다. 나도 내 마음 같지 않은데 그의 마음이 나와 같기를 원했고, 그럴수록 점점 더 내 자신에게 가혹해졌다. 상대에게 좋은 사람이 되고 싶었기에 내 감정과 욕구는 무시했다. 내가 원하는 것을 나 자신에게 주지 못하자 심리적인 문제로 번졌다.

왜 타인에게 좋은 사람이 되고 싶었을까? 왜 상대방의 욕구에 맞추려 했을까? 원인은 부모님과의 관계에서 시작된 듯 보였다. 부모님께 사랑받고 싶었고 인정받고 싶었다. 두 분의 의도에 맞춰 행동하다 보니 나도 모르게 학습되었다. 빨강 7, 노랑 3이 좋다는 부모님의 말씀에 따라 그 색만 섞었다. 내가 원하는 색과 부모님이 바라는 색이 같은 줄 알았다.

모든 사람에게 좋은 사람일 수 없고, 모든 사람이 사랑하는 그림을 그릴 수도 없다. 그리는 사람이 자신의 그림을 보고 만족해야 하며, 그럴 때 비로소 관람자의 마음을 움직일 수 있다. 내가 먼저이고, 네가 나중이다. 그림을 알아주고 인정해주는 최초이자 최고의 사람은 자신이다.

나를 알아주고 인정해주는 사람이 나 자신이어야 만족스러운 그림을 그릴 수 있다. 관계도 마찬가지다. 나를 존중하는 사람이 남도 존중할 수 있다.

깨달았다고 인생이 바뀌는 것이 아니었다. 로봇이 아니기에 매일 똑같은 비율로 색을 혼합할 수 없었다. 다시 색을 혼합하며 적당한 비율을 찾아가야 했다. 그림에 담긴 분위기, 상황, 느낌, 생각에 따라 비율이 조금씩 달라졌다. 어떤 때는 색을 혼합할 때보다 그 물감만이 가진 색이 아름답기도 했다. 그런 색을 만날 때면 공존하기 힘든 사람이 떠올랐다. 상대방과 잘 지내고 싶어 장난도 쳤고 가까이 다가갔지만 받아주지 않는 사람이 있었다. 그런 사람과는 마음속에서 과감하게 '안녕' 이라고 말했다. 물론 그 사람은 진작부터 나를 그렇게 생각했을 수 있다.

색을 혼합할 때 농도를 생각하지 않고 섞다 보면 엉망이 된다. 시간과 물, 물감, 그리고 노력이 모두 사라진다. 허탈한 웃음 뒤에 이런 생각이 든다. 내가 끊어야 할 사람은 어떤 유형일까? 나와 상의 한마디 없이 자기 마음대로 일을 처리하는 사람, 나를 인형처럼 여기며 조정하려는 사람. 그런 사람과의 거리는 점점 멀어진다.

물감 튜브 겉에는 이름이 적혀 있고, 이름에 맞는 색의 물감이 튜브 안에 들어있다. 물감 튜브의 겉과 속은 같다. 살다 보면 가끔 연락해도 편한 사람이 있다. 매일 연락하지 않아도 마음이 통하는 사람에게는 공통점이 있다. 그들은 내 뒤통수를 치지 않는다. 겉과 속이 같다는 믿음이 있는 사람, 그런 사람이어야 관계를 오래 유지할 수 있다.

처음 색을 혼합할 때 원하는 색이 나오지 않아 여러 차례 시도하는 것처럼 관계에서도 갈등이 생기는 것은 자연스럽다. 이 색과 저 색이 다르다는 것을 알 듯 너와 내가 다르다는 것을 인정하는 순간 갈등의 골은 깊어지지 않는다. 물론 갈등이 심해지기도 한다. 상대와 내가 잘 맞지 않거나, 그가 내가 속한 모임에 맞지 않거나, 그의 색이 너무 진해 내가 가진 색이 흐려지거나, 내가 가진 색이 진해 그의 색이 보이지 않기도 한다.

지금도 색 혼합과 인간관계의 시행착오를 겪고 있다. 이런 시행착오는 내가 얼마나 더 어른이 되어야 끝날까?

나라는 사람

고등학교 때부터 손 그림을 갈망했다.

손으로 그리는 그림 중에서 특히 수채화를 좋아했다. 미대 입시학원에서 수채화를 그리던 언니 오빠의 모습은 환상 그 자체였다. 종이 위에 맑고 투명한 수채화가 무심한 듯 툭툭 던져졌다. 겹겹이 쌓인 물감의 질감은 그림을 단단하게 해주었다. 잘게 쪼개진 붓자국은 맑은 수채화에 입체감을 더했다. 종이 위에 자연스럽게 번지는 물과 물감의 조화는 전율에 휩싸이게 했다.

수채화로 입시를 준비하려면 순수미술 학과를 가야 했다. 순수미술을 하면 어른이 되어 먹고 사는 문제에 부닥칠 것 같았다. 인지도 있는 화가가 되어야 하는데 그것은 낙타가 바늘구멍에 들어가는 것과 같다고 생각했다. 정확하게는 내 실력이 그 정도가 아닌 것을 알고 있었다. 머리로 아는 것과 마음이 가는 것은 다른 문제였다. 디자인과를 준비하고 있었지만, 수채화를 그리는 사람이 부러웠다.

나는 순수미술이 아닌 시각디자인을 전공했다. 그곳에서 광고, 편집, 영상, 사진, 웹, 포장디자인을 공부했고, 수작업보다 컴퓨터 작업이 익숙해졌다. 그래픽 작업을 위한 기술과 안목은 길러졌지만 내가 좋아하던, 손으로 그리는 그림과는 점점 더 멀어졌다. 유일하게 일러스트 수업 시간에만 손으로 그렸는데 의도대로 되지 않았다. 미대를 다녔지만 손 그림을 잘 그리지 못했다.

왜 그토록 손 그림을 그리고 싶었을까?

내가 가장 좋아하는 감정 단어는 편안함이었다. 편안함 안에는 자연스러움이 포함되어 있다. 자연스러우려면 원시적인 육체에서 우러난 감정과 생각을 표현해야 한다고 생각했다. 그것이 내가 찾는 그림의 본질이었다. 몸을 이용해 종이나 캔버스 위에 그릴 때 비로소 내 생각과 감정이 자연스럽게 흘러갈 수 있다고 여겼다. 그래픽 화면을 통과하지 않은 날것 그대로의 손맛이 좋았다.

사라지지 않고 남아 있던 손 그림에 대한 갈망은 기어이 수채화로 이어졌다. 하지만 수채화를 그리고 싶어도 어디서부터 어떻게 해야 할지 막막했다. 그래서 수채화

도구부터 찾았다.

어디에 있는지도 모르는 물감과 붓, 종이를 찾아 집안 곳곳을 뒤지기 시작했다. 마침내 베란다 구석에서 뿌연 먼지로 뒤덮인 상자를 발견했고, 그 안에는 수채화 물감을 짜 놓은 팔레트와 붓이 들어있었다. 그토록 찾고 싶은 수채화 도구였는데 반갑지 않았다. 그림 도구들은 이미 망가져 있었고 곰팡이로 뒤덮인 지 오래였다. 퀴퀴한 냄새를 풍기는 것들은 오랜 시간 찾지 않고 내버려둔 탓에 상처로 가득한 나와 같았다. 이대로 물러설 수 없었다.

수채화 재료와 그림 그리는 방법이 담긴 책을 구매했다. 책에 적혀 있는 재료와 만나기 위해 고속버스터미널에 있는 한가람문구에 갔다. 몇십 년 만에 방문한 그곳은 내부는 달라졌지만 어린 나를 만난 듯 그림 도구로 가득했다.

집으로 돌아오자마자 수채화 도구를 책상 위에 펼쳐 놓았다. 머뭇거리면 그릴 용기가 사라질 것 같아 바로 책을 펼쳤다. 책의 예시 중 제일 쉬워 보이는 선인장 그림을 따라 그리기 시작했다. 책에 적힌 설명을 따라 그렸으나 생각과 현실은 달라, 완성된 그림은 초등학생 수준이었다. 그렇지만 기분이 좋았다. 가공되지 않은 내가 종이 위에서 자유롭게 놀고 있었다.

누군가에게 보여주거나 점수를 잘 받기 위한 것도 아닌 나를 위한 그림이었다. 그것은 비록 수준이 최하일지라도 실망하지 않고 나를 들뜨게 했다. 그렇게 조금씩 손그림 맛을 느끼며 수채화를 그리기 시작했다.

주어는 언제나 나였음을

  고등학교와 대학교 때도 그림을 그렸지만, 이런 그림을 좋아한다고 자신 있게 말하지 못했다.

  학창 시절에는 선생님과 교수님이 선호하는 그림을 그렸다. 그리는 사람은 나였지만 그림의 시작과 끝을 주도한 사람은 내가 아니었다. 내가 좋아하는 그림보다 보는 사람이 좋아할 그림, 정확히 말하면 팔리는 그림을 그리려고 했다. 자신이 아닌 남을 중심으로 생각하자 상대방이 좋아하면 맞는 그림으로 생각했고 그들이 좋아하지 않으면 틀린 그림으로 여겼다. 타인의 생각이 내 정답이 된 것이다.

  주체성이 없었기에 내가 좋아하고 싫어하는 것이 무엇이며, 강점은 무엇이고 약점이 무엇인지 알지 못했다. 아니, 알려고 하지도 않았다. 그러면서 '왜?'를 질문했던 어린 시절은 사라졌고, '네'라고 대답만 하는 성인이 되어버렸다. 생각하려 하지 않았고, 좋아하는 것을 찾으려 하지 않았다. 그때는 내가 무엇을 좋아하는지 알아야 할 필요성을 느끼지 못했고, 복잡하게 생각하는 것이 싫었다. 하지만 지금은 아니다. 내 곁에는 좋아하는 물감과 색, 붓이 있다.

주도권이 내게로 넘어왔다. 학점도 필요 없고, 당장 팔리는 그림을 그리지 않아도 된다. 내 마음 가는 대로 그리고 싶은 그림을 그렸기 때문이다. 먼저 찾은 것은 좋아하는 물감이었다. 다양한 물감을 산 후 수채화 종이 위에 색깔별로 채색했다. 그러자 나라, 회사별로 발색과 느낌이 다르다는 것을 알았다.

명도와 채도가 높은 물감은 그리는 내내 불편함을 주었다. 차분하고 발색이 좋으며 입자가 보이는 물감이 좋았다. 무엇보다 물감 입자가 큰 것은 자연스러운 느낌을 주어 내가 원하는 손맛 느낌을 살리기에 부족함이 없었다. 시행착오 끝에 편안함과 자연스러움을 표현하기에 적당한 물감을 찾았다.

좋아하는 물감을 찾자 좋아하는 색도 눈에 띄었다. 그림을 그릴 때 유독 많이 사용하는 색은 팔레트에 소량만 남아 있었다. 파란색, 초록색, 갈색 순서로 물감을 많이 사용하고 있었다. 파란색, 초록색, 갈색 모두 단색 물감으로 구성된 것이 아니다. 세룰리안블루, 코발트블루, 코발트블루 터쿼이즈 라이트 모두 파란색 계열이고, 카드뮴 그린 라이트, 코발트그린, 크로뮴 옥사이드 그린은 초록색 계열이며, 옐로우 오커 번트, 마르스 오렌지 레드, 레드 엄버는 갈색 계열이다. 파란색 중에서는 베르그바우, 초록색 중에서는 후커스그린, 갈색 중에서는 카푸트 모르툼을 많이 사용하고 있었다. 세 물감 모두 입자가 보이는 차분한 색이었다.

그림 초보 시절의 붓은 대부분 인조모였다. 그리기가 익숙해지자 물을 제대로 머금지 못하고 날카롭게 표현되는 인조모 대신 천연모를 사용했다. 천연모는 물을 많이 머금어 한 번에 넓은 면적을 칠할 수 있고 부드러운 모로 자연스러운 표현이 가능했다. 그렇게 인조모가 아닌 천연모를 사용했고, 나는 천연모 중에서도 다람쥐모를 좋아했다.

그리는 테크닉보다 좋아하는 물감, 색, 붓을 찾는 것이 중요했다. 좋아하는 것을 찾는 과정을 통해 나라는 사람을 알았고, 몇십 년 만에 새로운 장르를 하면서 겪는 불안감과 두려움도 사라졌다. 그림에서 소소한 것을 찾자 남에게는 별것 아닌 일이 내 삶에는 큰일이 되었고, 그 사소한 깨달음은 내게 용기를 주었다.

나만의 그림을 찾기까지

그림을 전공하지 않거나 미술학원에 다니지 않아도 그림 그리는 사람이 많아졌다. 나는 남들 다 그리는 것보다 나만의 색채가 들어간 것을 그리고 싶었다.

개성을 찾기 위해 가장 먼저 좋아하는 재료를 찾았다. 첫 번째는 물감이었다. 차분하고 발색이 좋으며 입자가 굵은 물감을 선택했다. 두 번째는 종이였다. 굵은 입자와 거친 표현을 할 수 있고 물과 물감의 농도가 잘 드러나는 황목 300그램을 골랐다. 세 번째는 붓이었다.

붓은 붓모, 구관, 붓대로 이루어져 있다. 붓대의 길이에 따라 롱 핸들과 숏 핸들로 구분된다. 20센티미터가 되지 않는 숏 핸들의 붓은 책상에서 작은 그림을 그리거나 묘사할 때 사용하고, 30센티미터 정도 되는 롱 핸들의 붓은 이젤에서 큰 그림을 채색할 때 사용한다.

붓모의 재질에 따라 천연모(자연모), 인조모, 혼합모로 나뉜다. 동물의 털로 만든 천연모에는 다람쥐모, 담비모, 돼지모, 염소모 등이 있다. 동물의 종류에 따라 무게, 탄력, 부드러움의 정도가 다른데, 나는 주로 물을 잘 머금고 끝이 잘 모이는 다람쥐모를 사용한다. 다람쥐모는 혼합모와 인조모에 비해 물을 머금는 시간이 길어 한 번에 그림을 그릴 수 있고 끝이 모여 있어 세밀한 묘사가 가능하다.

인조모는 물을 머금는 시간이 짧아도 가격이 저렴하고 탄력이 우수하다. 동물 털에 대한 부정적인 시각이 이전보다 커져 고급 인조모의 사용을 늘리고 있다. 천연모와 인조모의 장단점을 보완해서 나온 혼합모는 담수력과 탄력이 적당하다.

수채화를 그릴 때 가장 많이 사용하는 붓은 '둥근 붓'이다. 이 붓은 바탕과 세밀한 표현을 하기에 적당하다. 세밀하게 표현해야 하는 그림에는 '세필붓'을 사용한다. 세필붓은 붓모의 끝이 뾰족하고 가늘며 얇아 묘사하기에 적당하다. 붓모가 납작해서 넓은 배경을 칠하거나 물칠을 할 때 사용하는 '납작붓'은 밑작업을 할 때 편리하다. 납작붓을 사선으로 자른 듯한 '사선 붓'은 넓은 배경과 각진 묘사를 깔끔하게 표현할 수 있어서 주로 꽃잎이

나 나뭇잎을 채색할 때 쓰인다. 이외에 풀숲과 머리카락을 표현할 때 쓰는 팬붓과 큰 캔버스의 바탕을 채색할 때 사용하는 바탕붓 등 붓모는 그 쓰임에 따라 다양하다.

물감과 종이, 붓을 고르자 나만의 그림체가 무엇인지 알고 싶어졌다. 일주일에 두 점을 완성하고 이것이 60점을 넘자 나만의 톤을 알 수 있었다. 내가 어떤 톤을 좋아하는지 알게 되었지만, 나만의 개성이라고 말할 수는 없었다.

개성을 찾고 싶었다. 가장 먼저 SNS의 댓글을 살펴보았다. 어떤 부분에 이야기가 많은지 들여다보니 독특한 색감을 가장 많이 언급했다. 하지만 내가 보기에는 다른 이들의 그림체와 비슷한 것 같았다. 긴가민가하며 계속해서 일주일에 그림 두 점을 게시했다. 100점이 넘는 그림을 SNS에 공개한 날, 비로소 댓글의 의미를 깨달았다. 독특한 색감이 무엇인지, 내 그림의 개성이 무엇인지 보고 느낄 수 있었다. 나는 밝고 따뜻한 색감을 좋아했다. 힘이 잔뜩 들어간 그림을 싫어했고, 어느 정도의 여백이 있어야 했다. 그렇다. 밝고 따뜻한 색감, 공간의 여백이 내 그림의 개성이었다.

개성을 찾아내자 자신감이 생겼다.

나만의 그림을 그리려면 선택이 중요하다. 나라와 제조사별로 다양한 물감, 종이, 붓이 있다. 그중 내게 맞는 그림 재료를 골랐고, 그 재료로 꾸준히 그렸다. 완성된 그림 중에서 남들에게 보여도 부끄럽지 않은 것들을 SNS에 공개했다. 내 그림을 좋아해주신 분들 덕분에 나만의 그림체를 알게 되었다.

나는 색으로 세상을 본다

2년 동안 쉼 없이 일주일에 두 점을 그리다 보니 몸이 당해내지 못했다. 잠시 내려놓고 산책로를 따라 걸었다. 이제야 색깔들이 제대로 보이기 시작했다. 진작 나올걸. 역시 초록빛 가득한 길은 편안함을 주었다.

쉴 새 없이 그리기 전에는 숲에 가면 숲이구나 하는 건조한 생각뿐이었고, 나무들의 색을 제대로 보지 못했으며, 보더라도 초록색이구나 하는 정도였다. 그런데 수채화를 그리다 보니 색에 민감해졌다. 농도에 따라 색의 진하기가 결정되듯 진하고 연한 초록색이 있었고, 색상 혼합이 있듯 파란색이 들어간 초록색과 노란색이 들어간 초록색이 있었다. 이런 여러 가지 초록색은 내게 만족감을 주었다.

초록색을 보고 있으니 고등학교 과학 시간의 한 장면이 생각났다. 선생님이 광합성을 설명해주었다. 식물 세포

내에서 광합성을 담당하는 것은 엽록소다. 엽록소는 광합성을 하면서 가시광선 중 초록색만 쓰지 않고 버린다. 초록색을 쓰지 않기 때문에 엽록소가 초록색으로 보이는 것이다. 생각은 꼬리에 꼬리를 물었다.

의사들은 왜 초록색 수술복을 입을까? 오랜 시간 수술하는 의사의 눈에는 초록색 그림자가 아른거린다고 한다. 빨간색 피의 잔상이 보색인 초록색으로 나타나는데, 수술복을 초록색으로 바꾼 후 잔상이 없어졌다고 한다. 보색은 수술복과 사람의 눈에 조화를 선물했다. 연결된 생각은 주변 색을 관찰하게 했다.

빨간색, 노란색, 초록색을 지닌 신호등은 멈추고 기다리고 걷게 한다. 매콤하고 달콤한 떡볶이의 빨간색은 식욕을 자극한다. 전통혼례에서 열정과 젊음을 품은 빨간색 연지를 신부 얼굴에 바르게 했다. 자연의 섭리는 새신랑과 새 신부에게 도파민을 주었다. 도파민은 열정의 결과로 아기를 선사하기도 했다.

뒤뚱뒤뚱 걷는 아이들이 노란색 유치원 버스에 올라탄다. 노란색은 희망, 빛, 포근함과 같은 따뜻하고 밝은 색이다. 노란색으로 유명한 화가는 빈센트 반 고흐다. 〈아를의 고흐의 방〉, 〈해바라기〉에서 그의 노란색을 볼 수 있다. 인공적으로 합성된 물감을 짜서 먹기도 한 그는 알코올중독과 가까운 상태였다. 그는 압생트라는 독주를 즐겨 마셨고, 그 속에 포함된 튜존과 테레빈 성분으로 인해 환각과 사물이 노란색으로 보이는 황시증을 일으켰다. 고흐의 정신과 건강 상태가 노란색으로 가득한 작품을 그리게 한 것은 아닐까.

나를 둘러싼 다양한 색깔이 보이기 시작했다. 검은색 머리카락, 흰색 운동화, 보라색 티, 파란색 청바지, 갈색 눈썹이 나를 감싸고 있다. 사람들이 입은 옷, 저마다 다른 건물, 자연을 천천히 바라본다. 어울리지 않는 색은 없고, 아름다운 색의 조화는 만족감을 준다. 색의 조화를 살피듯 나를 들여다본다. 이 색의 매력이 무엇인지, 언제부터 매력을 느꼈는지. 사소한 질문이었으나 기쁨이 온몸에 퍼졌다. 나를 인정해준 나 자신에게 보내는 만족의 기쁨이었다.

감정은 흘러가는 것이다. 소중한 기쁨을 간직하고 싶어 그림에 감정과 생각을 담기 시작했다. 짧은 질문과 답은 내면의 중량을 높여주었고, 그림에 몰입할 수 있게 해주었다. 조금씩 내면이 단단해지는 나를 느꼈다. 이전보다 내면이 단단해지자 둘러싼 것들을 여유로운 시선으로 바라볼 수 있었다.

　색의 만족감이 나를 들여다보게 했고 일상의 자존감을
높여주었다.

내 삶의 소실점은 어디인가

소실점은 선과 선이 만나 생기는 점을 말한다. 내 인생의 소실점은 두 개다. 그림 그리기 전과 그림 그리는 사람으로서의 소실점.

그림을 그리기 전에는 좋은 것이 좋은 것이라고 여겼다. 둥글게 살고 싶었다. 나로 인해 남이 상처받는 것이 싫었고 시끄러워지는 것을 견디지 못했다. 그래서 내 의견을 내세우지 않았고, 남의 주장을 거부감 없이 받아들였다. 세상, 사회, 남, 나 자신에게 관심이 없었고, 생각하지 않았고, 생각하더라도 그들이 옳다고 받아들였다. 나를 향한 삶의 모든 선은 반듯한 직선이었다. 삶은 안정적이었고 사회성 좋은 사람으로 보였으나 정신적으로는 허무했다.

나를 둘러싼 모든 것은 평안했지만 불편했다. 원인 모를 화가 쌓여갔다. 화를 겉으로 드러내지도 못해 속으로 점점 병들었고 그 때문에 심리검사를 받아야 했다. 상담사가 말했다, 인내력 수치가 93이라고. 그래서 그런지 어떤 사건이 일어나도 처음에는 감정을 느끼지 못했다. 감정이 켜켜이 쌓여 몸이 반응해야만 힘들다는 것을 알게 되었다.

그림을 그리기 시작하면서 내면과 외면이 조금씩 달라졌다. 좋은 것이 다 좋은 것은 아님을 깨달았다. 나로 인해 주변이 시끄러워지더라도 이해되지 않으면 반박했다. 편협하게 생각하는 사람이 싫었고, 가벼운 생각으로 상대를 찌르는 사람을 혐오했다. 인간관계가 좁아졌다. 하지만 어린 시절 친구들은 변함없이 내 곁에 있다. 그들에게 물었다, 내가 어떤 사람인지. 각자 다른 방식으로 표현했지만, 지금이 어릴 때 내 모습이라고 말했다.

나로 돌아가고 있었다.

세상과 사회, 남을 대할 때 생각의 시작점이 나로부터 출발하기 시작했다. '왜? 그건 아닌 것 같은데, 내 생각은 달라.' 그렇게 출발한 생각은 새로운 것을 보고 느낄 수 있게 해주었다. 아니라고 할 때 느끼는 무게를 감당할 수 있었고, 적당한 선까지 내 생각을 표현할 수 있었다. 나를 향한 선이 꺾인 선과 굽은 선으로 변했다. 사회성이

부족한 사람으로 보이겠지만 정신적으로는 풍요로웠다.

인내력 수치가 93이나 되었기에 그림 한 점을 완성할 때까지 몰입할 수 있었다. 한번 시작했으면 만족스러운 그림이 될 때까지 멈추지 않았다. 몰입해서 그린 그림에서 우러난 만족감 덕분에 지금의 나를 사랑할 수 있었다.

나를 사랑하자 나를 향한 굽은 선과 꺾인 선에 질문을 던질 힘이 생겼다. 왜 굽은 선과 꺾인 선인지. 굽은 선은 굽은 대로 꺾인 선은 꺾인 대로 이유가 있다는 것을 알았다. 타인과의 소통보다 나 자신과의 소통이 재미있었다. 미완성인 인생 속에서 자신만의 점을 찍고 사는 나와 너는 다르기에, 각자의 위치에서 자신만의 풍경을 만들다가 먼 미래에 "안녕!" 하고 기분 좋게 인사하면 좋겠다.

세상을 들여다보는 중입니다

꽃, 나무, 산이 좋아진다.

어린 시절에는 엄마의 패션과 꽃 그림을 이해할 수 없었다. 엄마의 꽃무늬 가방이 촌스러웠고, 꽃무늬 원피스를 입은 엄마의 패션을 이해할 수 없었다. 그랬던 지금, 엄마의 서른여섯 살과 나의 서른여섯 살은 닮았다. 서른 후반에 접어들자 자연이 좋아지기 시작했다. 자연 속에 있으면 편안해진다. 언젠가 자연으로 돌아가기에 매력을 느끼는가 보다. 게으른 몸을 일으켜 밖으로 나가 꽃과 나무, 바다, 산과 같은 자연을 그렸다.

노트와 펜을 챙겨 산책하러 나갔다. 산책하면서 마주한 강아지, 사람, 꽃, 참새, 건물을 노트에 담기 시작했다. 비록 못생긴 선과 면으로 이루어진 그림이었지만, 무언가에 집중한다는 자체가 소중했다. 그림에 집중할 때는 아무 소리도 들리지 않았다.

"수진아! 뭐하냐고?"

노트를 덮고 나서야 목소리를 들을 수 있었다. 동네 언니였다. 언니는 쪼그려 앉아 그림을 그리는 나를 유심히 관찰하고 있었다. 함께 산책하려고 기다리던 언니는 좀처럼 일어설 것 같지 않은 나를 불렀다. 아무리 불러도 대답 없는 내가 답답했는지 큰 소리로 다시 불렀다. 어깨를 들썩이며 놀란 토끼 눈을 한 나를 본 언니는 깔깔깔 웃었다. 언니의 웃는 모습을 보자 나도 모르게 웃음이 나왔다. 웃음소리가 컸는지 멀리 있던 동네 친구가 우리를 발견하고는 다가왔다.

셋은 벤치에 앉아 아이와 남편, 부동산과 주식 이야기를 나누었다. 대화하던 중에 언니의 시선이 내 노트로 향했다. 노트 속의 그림들이 궁금하다는 말에 부끄러움이 몰려왔다.

"그냥 그림 낙서야."

'낙서'라는 단어를 강조하며 언니에게 노트를 주었다. 언니와 친구는 선 하나로 어떻게 이렇게 표현하는지 신기하다며 그림을 보고 또 보았다.

친구는 3개월 전에 집 근처 미술학원에 다녔다. 쉽게 생각하고 덤빈 취미 그림 때문에 화가 난다며 쓰고 있던 모자를 벗었다. 그림을 그리려 한 가벼움이 오히려 마음을 무겁게 했다며, 벌겋게 달아오르는 얼굴을 모자로 바람을 일으켰다. 남들은 쓱쓱 그리는데 자신은 아무리 해도 원하는 대로 그릴 수 없다며 열변을 토했다.

친구는 2회의 수업이 남았는데, 원장에게 다니지 못할 것 같다고 말한 후 미술과 인연을 끊었다. 친구의 말을 듣던 언니는 "미술과 난 거리가 멀어." 하고 고개를 저으며 친구의 말에 공감해주었다. 친구와 언니는 그림을 그리려면 깊은 내공이 필요한 것 같다고 말했다. 맞는 말이다. 단단한 기초 위에 자신만의 것을 표현하려면 수많은 연습을 거쳐야 한다.

그림은 그릴수록, 글도 쓰면 쓸수록 어렵다. 초급 시절에는 필사나 모작으로 기술을 익혔다. 이것만으로 생각을 담기에는 부족했다. 누군가의 것을 따라 하는 것은 최소한의 기술만 익히게 할 뿐이었다.

기술을 장착한 후 발전하려면 어떻게 해야 할까?

그림 그리는 사람인 나는 관찰하고 있다. 밖에서 사람, 자연, 건물을 세심하게 들여다보며 그리고 있다. 안에서 사진이나 다른 사람의 그림을 보고 그리는 것이 아닌, 생동감 넘치는 현장을 그림에 담는 연습을 했다. 끊임없는 관찰은 익숙했던 것이 낯설게 다가오는 순간과 마주하게 했다. 바로 그때, 잠들어 있던 예술가를 깨울 수 있었다. 익숙함과 낯선 감정의 적당한 비율은 자신만의 선과 형태를 찾을 수 있게 해주었다.

비닐장갑을 낀 왼손에 비닐봉지를 들고 오른손에는 목줄을 잡고 강아지를 산책시키는 사람, 함박웃음을 지으며 킥보드를 타는 아이와 고단한 일상에 지친 듯한 엄마와 아빠, 서로를 바라보며 사랑을 속삭이는 연인, 살랑바람에 흔들리는 꽃, 수다쟁이 참새, 잎끼리 부딪치며 음률을 만드는 나무, 얼마 전 새로 지어진 건물, 기분 좋은 커피향을 선물해주는 곳까지 시선에 들어오는 것들을 천천히 바라보고 수첩과 연필을 꺼내 그림 안에 담았다.

그 순간 내 안에 잠든 예술가의 환호 소리를 들을 수 있었다.

그래도 먹고살 만합니다

다들 그림으로 먹고살기 힘들다고 해서 순수미술이 아닌 디자인을 전공했다. 공백기를 갖고 그림을 다시 그릴 수 있었고, 그림작가로서 순수미술과 디자인을 함께하고 있다.

하나의 재료가 아니라 다양한 재료로 그림을 그렸다. 펜화, 수채화, 아크릴화, 유화, 과슈, 오일파스텔화, 색연필화, 아이패드 드로잉, 그래픽 디자인까지 그림에 담으려는 생각과 느낌, 상황에 따라 선택하는 재료가 달라졌다. 여러 재료로 그린 결과물이 쌓여갔다. 완성작은 나만의 포트폴리오가 되었고 이를 통해 일러스트레이터로 활동했다.

플랫폼에 작품을 올린 지 20일 후 첫 의뢰가 들어왔고 이를 시작으로 외주를 받았다. 다음으로 출판사 일러스트 의뢰가 들어왔다. 한 달 안에 열여덟 명의 인물 드로잉을 하는 일이었지만, 디자인 팀장님 덕분에 편안하게 작업할 수 있었다. 출판사에서 동작 설명이 들어간 파일과 인물 사진을 메일로 보냈다. 작업 속도가 빨라 마감 기간보다 일찍 작업 파일을 보낼 수 있었고, 인연이 닿아 다음 외주까지 연달아서 할 수 있었다.

드라마 영상 제작 업체에서 연락이 왔다. 영상 작업에 필요한 수채화와 드로잉 작업을 원했다. 업체의 실장님과 팀장님이 내가 일하는 곳까지 와주었고, 미팅 후 사진 자료와 작업 방향이 적힌 파일을 메일로 받았다. 업체가 원하는 결과물이 나오길 바라며 진행 과정을 온라인으로 주고받았다. 그렇게 마감 기간보다 빨리 완성된 그림을 업체에 줄 수 있었다.

주얼리 업체에서는 꽃 그림을, 교육 관련 업체에서는 라인 드로잉과 수채화를, 출판사에서는 수채화 일러스트를, 영화 제작업체에서는 수채화 등 생각보다 많은 곳에서 문의가 왔다. 지금까지 맡은 일을 살펴보면 라인 드로잉과 수채화가 대부분이었고, 외주뿐 아니라 개인 작업의 결과물 또한 수채화와 드로잉이 대부분이었다.

순수미술을 하고 싶었지만 그림으로 먹고살기 힘들다는 부모님의 말씀에 따라 디자인을 전공했다. 15년의 경력 단절이 있었지만, 그림을 다시 시작하면서 그림으로 먹고사는 것이 가능할 수 있다고 생각했다.

그림으로 먹고살려면 세 가지 전제 조건이 필요했다. 자신의 조건과 환경에 맞는 재료 선택하기, 성실하고 꾸준하게 그리는 습관, 완성도를 한 단계 올리기 위해 그림 연구하기다. 이 조건을 충족하려 노력했고 지금도 애쓰고 있다.

디자인 회사에 다니는 친구들 외에 다른 친구를 보며 그림으로 먹고사는 방법이 다양해졌음을 알 수 있었다. 플랫폼에 그림 그리는 방법을 꾸준히 올려 책을 내고 이를 강의하면서 먹고사는 친구가 있다. 화실을 차려 성인을 대상으로 그림 그리는 법을 가르치거나, 팔로우가 많은 친구는 자신의 그림이 들어간 상품을 만들어 판매하거나 온라인 강의를 한다. 다른 친구는 그림을 그리고 글을 쓰면서 작가로 활동하고, 갤러리 카페나 갤러리, 그림책방을 운영하는 친구도 있다. 주기적으로 강의할 수 없는 한 친구는 집 근처 카페나 온라인으로 원데이 클래스를 한다.

나는 그림으로 먹고사는 방법 중 외주 일을 주로 한다. 그림 의뢰가 매달 주기적으로 들어오는 것이 아니었다.

그럴 때는 경제적인 면에 의지하기보다 내 작품을 만들기 위한 기회라고 생각하며 개인 작업을 했다. 종종 수채화의 한계를 느껴, 개인 작업 시간에는 집에서 그릴 수 없는 유화를 그리기 위해 집 근처 화실을 알아보았다. 그림책 작가에 도전하기 위해 그림책 수업에 대한 정보를 수집한 후 결이 맞는 출판사를 찾아보기도 했다. 엄마는 그림으로 먹고살기 힘들다고 했지만, 지금은 그림으로 먹고살 수 있는 길이 다양해진 것 같다.

세 가지 조건을 충족한 후 가장 중요한 것은 성실함과 꾸준함이다. 외주가 들어오지 않아도 계속 그릴 힘이 있어야 다가올 기회를 잡을 수 있다. 그래야 먹고살고, 먹고살 때를 기다릴 수 있다.

summer

마음을 담는 시간

삶에도 명도가 필요하다

그림과 인생 모두 명도가 중요하다. 명도는 색의 세 가지 요소 중 하나로, 색의 밝고 어두운 정도를 뜻한다. 명도가 낮으면 어둡고 명도가 높으면 밝다. 빛은 명도에 영향을 준다. 명도가 높고 낮음의 격차가 클수록 그림의 대비가 강하고, 대비가 강할수록 이미지를 뚜렷하게 느낄 수 있다.

그림뿐 아니라 인생의 대비도 강한 인상을 준다. 인생의 불운과 행운의 격차가 클수록 다른 사람에게 끼치는 영향력이 크다. 남의 불운을 통해 내 고통은 그보다 덜하다는 것을 깨닫고, 깨달음은 위안과 동시에 좀더 견디는 힘을 준다. 다른 사람의 행운에서 희망과 막연한 기대감을 품기도 한다.

인생의 대비뿐 아니라 자연의 밝고 어두운 차이는 감성과 이성에 영향을 준다. 어릴 때는 밝은 햇살과 푸른 하

늘을 보며 상쾌함, 열정, 설렘, 활기찬 감정을 느꼈다. 기쁨과 행복은 긍정적으로 판단하는 데 도움이 되었다. 반면에 칙칙한 하늘과 계속해서 내리는 비는 구슬픔, 무기력함, 우울한 감정을 안겨주었다. 슬픔과 불안은 부정적인 결정을 내리게도 했다. 바람에 흔들리는 연약한 갈대만도 못한 감성과 이성이었다.

시간이 흐르면서 나름의 이성과 감성으로 현상을 분별하고 세상을 이해하기 시작했다. 이전보다 깊어진 생각은 환경에 따라 바뀐 지난날을 반성하게 했다. 중요한 것은 환경이 아닌, 마음가짐이었다. 밝다고 행복하고 어둡다고 불안한 것이 아닌, 명암이 오가는 삶의 모든 순간이 소중했다.

소중하다는 생각은 관심조차 없던 새싹을 보며 생명이 태어나는 신비를 느끼게 했고, 지는 해는 인생을 돌아보는 여유를 주었다. 별은 내게 경외심을 갖게 했고, 눈꽃으로 덮인 산을 보며 순백의 아름다움을 함께했다.

그림 안에 다양한 명도가 있는 것처럼 인생이라는 주제 안에 희로애락의 명암이 존재한다. 같은 명도라도 채도가 다르듯 똑같은 문제도 사람마다 해결하는 방법이 다르다. 나는 그림 그리기와 글쓰기로 길을 찾고 있다.

복잡하게 얽힌 사건을 그림에 담는다. 처음에는 뒤엉킨 마음처럼 연필 선도 뒤죽박죽이다. 그려진 그림을 좀더 단순한 선으로 정리한다. 단순해진 밑그림에 내 마음이 담긴 사물을 넣는다. 마음을 표현하기에 알맞은 색과 기법을 찾고, 일상의 기쁨과 슬픔을 그림의 명암으로 표현한다. 그린 후 그림에 담긴 이야기를 글로 다시 담는다.

이런 과정을 거치며 내가 보던 세상이 아닌 다른 세상과 만난다. 익숙한 것에서 새로움을 발견한다. 사랑하는 사람의 주름이 보이고, 주름 속에 깃든 삶의 무게를 느낀다. 아이의 사소한 말과 행동에서 심리적인 변화를 알아차리는 예리함을 품고, 다정한 시선으로 반려동물과 식물의 상태를 자세하게 살핀다.

함께한 시간은 내 삶을 풍요롭게 하고, 그 안에서 나는 삶을 배운다.

당신의 채도는 무엇인가요

대학교 1학년 때 모르는 사람에게 외모 평가를 호되게 받았다.

평소 친구들과 다니던 대학로의 카페가 있다. 그곳을 자주 찾은 이유는 한 가지였다. 아르바이트생들이 모두 예쁘고 잘생겼다. 외모만 보고 뽑는 것 같았다. 그러던 중에 시선이 카운터 옆에 놓인 작은 종이로 옮겨 갔다.

'여자 아르바이트 모집'

운명의 장난일까, 호기심과 도전 정신이 발동했다. 친구들에게 이곳에서 아르바이트하고 싶다고 말했다. 면접을 보고 갈 테니 먼저 가서 앉아 있으라고.

내 엉뚱함을 아는 친구들은 웃으면서 잘해보라며 창가 쪽 자리에 앉았다.

카운터에 있는 종업원에게 아르바이트 면접을 보러 왔다고 말했다. 종업원은 잠깐 기다리라며 안으로 들어갔고, 잠시 후 매니저가 문을 열고 나왔다. 나이와 학교, 학년을 물은 뒤, 나를 머리끝부터 발끝까지 훑어보았다. 내 생각이 맞았다. 이곳은 외모로 아르바이트생을 뽑는 곳이었다. 생전 처음 보는 사람에게 외모를 평가받는 시간이었다.

매니저는 기대에 찬 내 얼굴을 보며 정확한 발음으로 말했다.

"아르바이트생 구했어요."

그가 본 내 외모는 자격 미달이었다. 분명히 내 눈앞에 '여자 아르바이트 모집'이라는 문구가 있었다. 하지만 어쩌겠는가, 이렇게 생긴 것을. 음료를 주문하고 친구들이 있는 곳으로 돌아갔다.

친구들은 내 이야기를 듣고 키득키득 웃었다. 그런데 그 웃음이 기분 나쁘지 않았다. 내 외모를 알고 있었지만, 마음속에 근거 없는 자신감이 있었다. 근자감은 부모님께서 심어주신 사랑의 언어 때문인 것 같았다. 자신의 마음 상태에 따라 사건을 받아들이는 태도가 달라진다는 것을 깨달은 순간이었다.

색의 세 가지 속성 중 하나인 채도를 이 에피소드에 비유해볼 수 있을 것 같다. 채도는 색의 선명함을 말한다. 색이 짙고 선명할수록 채도가 높다. 채도를 높이려면 아무것도 섞지 않고 맑은 원색 그대로 사용해야 한다. 색이 흐리면 채도가 낮다. 원색에 흰색이나 검은색을 섞으면 채도가 낮아진다. 예를 들어 짙은 파란색은 '채도가 높다'라고 말하고, 흐린 파란색은 '채도가 낮다'라고 표현한다.

채도가 높으면 몸과 마음의 에너지가 많아 외부의 자극에도 잘 흘려보낼 수 있지만, 채도가 낮으면 가진 에너지가 적어 사소한 자극에도 민감하게 반응한다. 내게 채도가 낮은 시절은 20대 후반과 30대 초반이었고, 채도가 높은 시기는 지금이다.

지금에서야 자유롭게 그릴 수 있고, 감정 대부분은 기쁨과 행복을 나타내는 단어로 정리된다. 이런 감정을 사람들에게 전해주고 싶다. 언제부터 이런 마음이 생긴 걸까? 마흔 살부터로, 그때를 시작으로 삶의 채도가 높아졌다. 어떤 채도일 때 내가 표현하려는 마음이 잘 드러나는지 생각하며 그림 앞에 선다.

좌충우돌하고 우왕좌왕한 지난날과 지금을 알고 있는 친구들에게 말했다. 자신만의 삶의 채도를 적당히 유지하며 사는 것이 중요한 것 같다고. 친구들은 자신의 인생

채도가 높은지 낮은지 모르겠다고 말했다.

　나는 소망한다. 친구들의 삶의 채도가 높아서 몸과 마음이 건강하기를, 채도가 낮다면 높아지기 위한 자신만의 무언가가 있기를. 내게 그림 그리기가 있듯 친구들도 저마다 자기만의 채도를 하루빨리 찾을 수 있기를 기대하고 기다린다.

제 직업은 화가입니다

창의력 위에 사유를 담은 그림을 그리고 싶었다. 소망과 달리 머릿속에 그린 결과물이 나오지 않았다. 정체기에 접어들자 그림을 객관적으로 바라볼 수 없었다. 남들의 시선이 두려워 취미로 그린다며 그 안에 숨었다.

"우리 엄마 화가예요."

아이 셋은 같은 미술학원에 다녔다. 한 달 수업을 진행하고 나서 아이들의 결과물을 설명해주는 시스템이었다. 브리핑을 듣기 위해 미술학원에 갔더니, 선생님이 아이들의 그림을 설명하던 중 조심스럽게 내게 말했다. 세 아이 모두 색감과 형태감이 뛰어난 이유가 화가인 엄마를 닮아서인 것 같다고.

당황스러웠다. 나는 남들 앞에서 한 번도 나를 '화가'라고 한 적이 없었다. 그러나 아이들에게 나는 화가였다. 세 아이는 매일 그림을 그리는 내 뒷모습을 보고 있었다.

그림으로 돈을 번다는 것을 알고 있었고, 전시회를 준비하며 분주한 모습을 지켜보았다. 하지만 나는 취미로 그리고 있다고 생각했다. 취미라는 단어는 현재에 안주하게 했다. 지금으로도 충분하다 여겼고, 발전을 두려워하게 했다. 정체기가 찾아온 이유를 깨달았다. 취미와 직업의 갈림길에서 취미를 택했기 때문이다.

아이들이 엄마를 화가라고 불러준 순간, 나는 화가가 되었다. 그림 그리는 것을 직업으로 하는 사람이 되었다. 화가라는 타이틀을 얻은 후 그림을 대하는 마음가짐이 달라졌다. 예전에는 '이 정도면 잘했어.'라고 생각해서 붓을 놓았지만, 부끄럽지 않은 화가가 되기 위해 마무리 작업에 심혈을 기울였고, 더 나은 방향을 찾으려 애썼다. 오일 파스텔, 색연필, 과슈, 아크릴, 콜라주, 연필, 펜, 마카 등 여러 재료를 혼합해서 그림을 그리기 시작했다. 재료의 혼합으로 나만의 그림체를 확고히 다지고 싶었다. 어떤 재료를 사용해도 변하지 않는 나만의 그림체를 갖기 위해 연구를 거듭했다.

다양하게 시도했으나 그림체를 정의할 수 없었다. 모호한 그림체로 방황의 시간을 보내고 있었다. 아빠는 그림을 다시 그리길 원하셨지 직업으로 삼으라고 말씀하지

않으셨다. 이렇게까지 해야 하는지 의문이 들었다. 멈추고 싶었지만 그럴 수 없었다. 아이들이 정의내린 나를 지키고 싶었다. 수채화 그림만 올리던 SNS에 다른 재료로 그린 작품들을 게시하기 시작했다. 댓글 반응을 살피면서 지인들에게 조언을 구했다. 조금씩 쌓인 그림으로 어렴풋이 나만의 그림체를 느낄 수 있었다.

목포와 전주에서 그룹 전시회를 했다. 작가 아홉 명과 진행한 전시회에서 내가 가진 분위기와 색감이 무엇인지 깨달았다. 어떤 그림체를 선호하는지, 내 그림의 감정이 무엇인지 이해했다. 아빠 덕분에 그림을 그릴 수 있었고, 아이들에게서 화가라는 직업을 받아들였으며, 남들을 통해 그림체를 알았다. 사람은 주변의 도움으로 살아간다는 것을 뼛속 깊이 깨달았다. 지인들의 도움이 있었기에 '화가' 라고 자신 있게 말할 수 있었다.

내 그림을 멀리서 바라보았다

골방에서 혼자만 보던 그림이었다. 혼자만의 만족으로 끝나는 그림이었기에 멀찌감치 떨어져서 봐야 할 필요성을 느끼지 못했다. 용기를 내어 SNS에 그림을 공개하기 시작했다. 휴대전화 화면 속에서 만난 그림은 2센티미터에 불과했다. 실제 그림보다 작은 크기인 그림은 자연스럽게 멀리서 바라보는 효과를 경험하게 했다. 의도하지 않게 원근법이 적용되었다. 가까운 거리에서 발견하지 못한 어수룩함과 어색함이 보였다. 수정과 보완을 통해 완성에 가까워지려 노력했다.

원근법은 그림을 볼 때 '멀다', '가깝다'와 같이 거리감을 느끼게 해준다. 그림과 '가깝다'라는 기준은 손을 뻗지 않아도 닿는 거리다. 그렇다면 '멀다'라는 기준은 무엇일까? '멀다'는 그림의 크기와 작가의 의도에 따라 달라진다. 그림의 크기가 커질수록 그림과의 거리도 멀어져야 한다. 세밀하게 묘사해야 할 때는 밀착해서 그리고, 어느 정도 완성되었을 때는 멀찍이 떨어져 전체적인 느낌을 확인하면서 그린다.

하얀 종이 위에 스케치한다. 스케치한 종이 위에 밑바탕을 칠하고 색을 쌓아가면서 전체적인 분위기를 맞춘다. 세부를 묘사한 후 자리에서 일어나 멀리서 그림을 본다. 강조해야 하는 부분은 붓의 중간을 잡고 색을 턱턱 올린다. 묘사가 더 필요한 부분은 붓 머리와 가까운 곳을 잡고 세밀하게 점 하나, 선 하나를 그린다.

가까이에서만 그린 것에는 아마추어 향기가 가득했다. 그린 당시의 분위기, 감정을 느낄 수 있지만 거기까지였다. 멀리서 그림을 바라보면서부터 달라졌다. 한 점의 그림을 완성하기 위해 그림과의 거리를 좁혔다 넓혔다 반복했다. 내가 담으려는 감정과 생각은 무엇인지 돌이켜 보며 어느 부분이 부족하고, 어떻게 보완할지, 어떤 색과 기법이 잘 어울리는지 스스로 묻고 답하며 그려나갔다. 같은 공간에서 끊임없이 관찰한다고 보이지 않던 것이 보이는 것은 아니었다. 객관적으로 그림을 바라보지 못할 때는 잠깐 멈추고 밖으로 나갔다.

항상 걷던 길이 아닌 다른 길을 걸었다. 그 길에서 새로운 카페를 발견했다. 개업을 축하하는 화분이 카페 앞에 놓여 있는 것으로 보니 오픈한 지 얼마 되지 않은 것 같았다. 손님이 없어 카페 안으로 들어가서 시그니처 메뉴를 주문했다.

진한 커피와 함께 달콤한 조각 케이크를 먹는 내게 카페 주인이 말을 건넸다. 시그니처 메뉴의 맛과 향이 어떤지 물었다. 커피의 끝맛이 약간 써서 입안에 여운이 남고, 케이크는 달지 않고 폭신해서 입맛에 잘 맞는다고 했다. 입맛에 맞아 다행이라며 가슴을 쓸어내리는 그분의 모습은 내 사회 초년생 시절을 떠오르게 했다. 울고 웃던 지난날을 추억하자 그림 생각이 사라지면서 머릿속이 비워졌다. 시간, 공간, 행동의 작은 변화 덕분에 가벼운 마음으로 현관문을 열 수 있었다.

집으로 돌아와 그림을 멀리서 바라보았다. 보이지 않던 것이 보이기 시작했고, 엉켜 있던 실마리를 풀 수 있었다. 잠깐의 변화가 그림을 객관적으로 볼 수 있게 해준 것이다. 이날 이후 잘 그려지지 않거나 마무리 작업이 되지 않을 때면 잠깐 멈추고 밖으로 나간다. 공간, 시간, 행동의 변화는 생각을 비울 수 있게 해준다. 비워진 생각 덕분에 객관적으로 그림을 바라보며 수정하고 보완할 수 있다.

　이런 태도는 삶에도 적용된다. 문제가 생기면 모든 것을 잠시 멈추고 산책하거나 카페로 간다. 천천히 걷기, 카페 주인과 대화를 나누며 커피 마시는 것으로 고립된 생각에서 벗어난다. 가볍게 덜어낸 생각 덕분에 지금 문제를 멀리서 바라보며 천천히 해결하는 중이다.

그 사람을 잊고 있었다

그는 새로 시작한 사업을 배우기 위해 2005년 상하이로 유학을 갔다. 그는 통화할 때마다 보고 싶다며 중국으로 놀러 오라고 했다. 바쁜 일정을 마친 후 2006년 친구 두 명과 함께 상하이행 비행기에 올라탔고, 상하이에 도착한 우리는 그의 동업자가 운영하는 호텔로 갔다.

우리는 호텔 방에 들어가 짐을 풀기 시작했다. 그런데 이게 웬일인가! 분명히 이 캐리어는 내 것이었다. 캐리어의 모양과 크기, 색상, 그리고 캐리어에 묶은 스카프까지 모두 내 것과 똑같았다. 하지만 캐리어의 비밀번호를 아무리 눌러도 열리지 않았다. 우여곡절 끝에 캐리어를 연 뒤 바닥에 주저앉고 말았다. 내 캐리어가 아니었다.

그를 불러 상황을 설명했다. 그는 괜찮을 것이라고 안심시켰지만 나는 절대 괜찮을 수 없었다. 일주일 동안 입어야 하는 옷, 신발, 기타 물품이 없어졌으니. 친구들과 함께 캐리어 안을 살펴보니 한국어로 된 책이 몇 권 들어 있었다. 한국 유학생의 가방인 듯했다. 그는 전화로 공항 측과 한참 동안 이야기를 나누었다. 통화를 마친 그는 찾을 수 있다며 공항에 함께 다녀오자고 했다.

불안한 마음에 정말 찾을 수 있냐는 말을 여러 번 했고, 그는 걱정하지 말라며 나를 안심시켰다. 만약 찾지 못하더라도 본인이 필요한 것들을 사주면 된다며 내 손을 꼭 잡았다. 잠시 후 공항에 도착한 우리는 공항 측 관계자와 만나기로 한 곳으로 갔고, 그곳에서 내 트렁크를 들고 있는 중국 공항 관계자들을 만날 수 있었다. 그는 그들과 중국어로 대화를 잠시 나눈 후 가져간 트렁크와 내 트렁크를 바꾸었다. 확인 절차가 없어 어리둥절했지만 찾았다는 기쁨을 감출 수 없었다. 그가 더없이 듬직했다.

2016년, 그가 남편이 되었다. 감정적이고 예민한 나와 정반대인 그는 이성적이고 일 외의 것에는 둔했다. 다름의 매력은 2년이 지나자 서서히 사라졌다. 달라서 불편해졌고 속상한 일이 늘어갔다. 속상한 마음에 친한 언니에게 전화해서 하소연했더니, 공감해주던 언니가 날카로운 말을 던졌다.

"수진아, 그런 점이 좋아서 결혼했잖아."

맞는 말이기에 말문이 막혔다. 2006년, 2016년, 2022년의 남편은 여전히 이성적이고 일 외의 것에는 둔하다. 연애할 때는 한결같은 성격이 지루했고 신혼 때는 더 지루했다. 그런데 아이 셋을 키우면서 한결같음이 너무나 좋다. 변함같이 나와 아이들을 챙겨주고 있고 빨래를 담당해주고 있으니. 남자친구에서 남편이 된 그의 동반자가 된 것은 내 복이었다.

행복을 곁에 두고도 나는 행복을 찾으려 애썼다.

답지 없는 육아

"열심히 노력하다가 갑자기 나태해지고, 잘 참다가 조급
해지고, 희망에 부풀었다가 절망에 빠지는 일을 또다시
반복하고 있다. 그대로 계속해서 노력하면 수채화를 더
잘 이해할 수 있겠지. 그게 쉬운 일이었다면 그 속에서 아
무런 즐거움도 얻을 수 없었을 거다. 그러니 계속해서 그
림을 그려야겠다."

— 1882년 1월 7일 고흐가 테오에게

인상파 화가 빈센트 반 고흐는 생전에 작품성을 크게
인정받지 못했지만, 동생인 테오는 형의 재능을 알아보
았다. 그는 힘든 여건 속에서도 형이 그림을 계속 그릴
수 있도록 지원해주는 든든한 조력자였다. 내게도 그런
존재가 있다. 바로 첫째 딸이다.

2018년, 첫째를 낳았다. 아이와의 첫 만남 후 좌충우돌

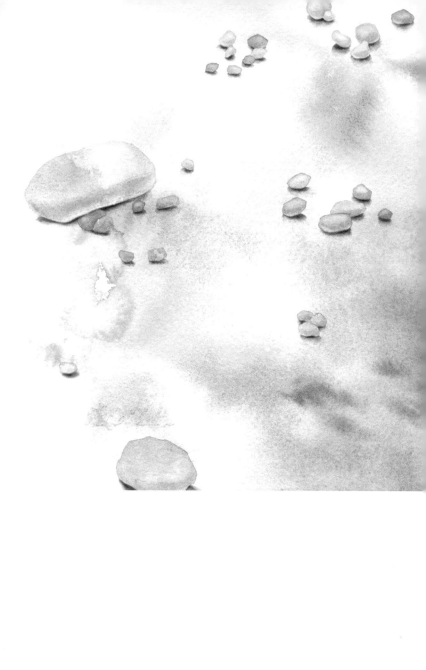

육아를 시작했다. 첫 육아는 시행착오의 끝판왕이었다.
육아 서적을 꼼꼼히 읽으며 중요하다고 생각하는 부분에
밑줄을 긋고 핵심 단어에는 동그라미를 치며 이를 아이
에게 적용했다. 육아를 책으로 배우다 보니 책에 나와 있
는 부분은 따를 수 있었지만, 돌발 상황에서는 대처 능력
이 부족했다. 육아를 여러 관점에서 보며 다양한 책을 읽
고 이해해야 하는데 그것도 아니었다. 육아 바이블이라
불리는 책만 열심히 읽고 따랐다.

육아에 대한 지식이 한계에 부딪히고 사고도 유연하지
못해 첫째를 키울 때 난리도 아니었다. 식습관을 키우기
위해서라며 양가 댁에 갈 때마다 차 트렁크에 접히지도
않는 아기용 나무 식탁을 싣고 다녔다. 식탁뿐이 아니었
다. 아기용 욕조까지 갖고 다녔고, 그 욕조에서만 목욕을
시켰다. 사서 고생하는 나였다.

세 아이 중에서 첫째는 서툴고 어수룩하지만 열정적
인 나를 유독 잘 따랐다. 딸은 내가 그림을 그리고 글
을 쓴다는 것을 좋아했다. 지금까지 큰아이가 찍은 사
진 중 몇 컷을 그림으로 남겼고 SNS에 올리자 의외로
호응이 좋았다. 이를 알고 있는 딸은 다음 그림의 주제
를 자주 물어, 이번 주제는 '거리'라고 말해주었다. 그

날 이후 큰아이는 등하굣길, 차를 타고 가다가 보이는 예쁜 풍경, 가족 산책을 하다가 보이는 풍경을 휴대전화로 찍고 또 찍었다. 나보다 사진을 잘 찍는 첫째 덕분에 사진 자료가 많아지고 있다.

머리를 쥐어박고 싶은 어린 시절의 나와는 전혀 딴판인 딸이었다. 엄마는 개성 강한 딸을 키우느라 눈물, 콧물로 지새우는 날이 많으셨다. 엄마와 딸의 관계는 여자라는 공통분모 때문에 관계가 지나치게 가깝다고 하는데 나는 그렇지 않았다. 어린 시절, 엄마의 교육 철학을 굳건하게 지킬 수 있도록 원하는 것을 명확하게 드러냈다. 한마디로 꼴통이었다.

엄마에게 거침없이 날카로운 말을 한 나와 달리 엄마는 그런 나를 차분하게 받아주셨다. 타인이라면 차갑다 맞받아치겠지만, 엄마는 그런 말을 하는 내 마음을 어루만져주셨다.

엄마와 잠실, 고속버스터미널 지하상가, 이대, 건대를 누비며 데이트했다. 친구와 쇼핑을 하면 엄마처럼 편하지 않다. 친구와 다니면 그의 감정과 시간, 금전을 고려해야 하지만, 엄마와는 그럴 필요가 없다. 엄마의 마음과 지갑은 딸을 위해 항상 열려 있으니.

부모와 자식의 사이이지만 서로에 대한 존중, 이해하려는 노력, 지켜야 하는 예의가 필요하다는 것을 엄마를 통해 깨닫는다. 그러면서도 내 딸에게는 쉽지 않다. 보통 자기가 자란 환경이 자녀에게 영향을 끼친다고 하던데 지금의 나는 아닌 듯하다. 하지만 그림 앞에서, 글을 쓰면서 깨닫는 시간이라면, 머지않은 날에 긍정적인 변화가 일어나지 않을까 싶다. 그동안 엄마가 건강하고, 딸이 늘 내 곁을 지켜주고 있으니.

그 마음 몰라줘서 미안해

세 아이 중 둘째의 성격과 기질을 있는 그대로 받아들이는 것이 힘들었다. 나와 가장 비슷한 둘째의 단점을 알고 있기 때문이었다. 나는 활동량이 많지 않았지만 주장이 강했고 표현하는 것에 어려움이 없었다.

"전 그렇게 생각하지 않아요."

어른들의 말을 온전히 받아들이지 못했다. 부모님과 선생님의 이야기를 들으면 그 말의 이면을 읽으려 했다. 스스로 이해해야 받아들였다. 하지만 이해하기 어려우면 아무 대답과 행동도 하지 않았다. 이런 나 때문에 상대방의 감정을 상하게 했고 분위기를 경직시키기도 했다.

생각은 부정에서 비롯했고, 나를 둘러싼 대부분에 불만을 품었다. 친구의 말이나 행동이 마음에 들지 않으면 직설적으로 불편한 감정을 표현했다. 생각과 감정을 거침없이 드러냈고, 남의 말을 듣기보다 내 주장을 내세우는

편이었다. 경청하는 태도가 부족했다.

"엄마, 전 그렇게 생각하지 않아요."

둘째의 모습에서 내가 보이자 덜컥 겁이 났다. 모난 어린 시절을 보내며 겪은 크고 작은 상처가 있었는데, 둘째도 나와 같은 과정을 거칠 것 같아 두려웠다.

둘째는 나와 다른 인격체이고 환경도 다르다는 것을 알고 있었지만, 마음이 쓰였다. 내가 경험한 성격과 기질의 단점을 둘째가 겪지 않기를 간절하게 소망하며 아이의 말을 듣고 또 들으려 노력했다. 둘째가 하는 말의 핵심을 찾기 위해 집중했고, 말투와 표정을 보며 어떤 감정인지 파악하려 했으며, 왜 내게 그런 말을 하는지 헤아린 뒤에 공감한 것을 말로 표현했다.

처음에는 머릿속에 매뉴얼화 된 경청의 순서를 맞추기 위해 의식적으로 노력했으나 점점 몸과 마음에 스며들었다. 그렇게 둘째의 억울함이 조금씩 줄어들었다. 다행이었다.

"엄마, 저 오디션 신청했어요."

초등학교 1학년 때 댄스와 보컬을 배우고 싶다는 둘째를 집 근처 학원에 보냈다. 학원에 다닌 지 석 달밖에 되지 않았고, 선생님에게서 아이가 오디션을 준비한다는 말을 듣지도 못했다. 당황했으나 도전하는 모습이 신기하고 기특했다.

저녁 7시에 엔터테인먼트 회사 사람이 찾아왔다. 그들은 댄스 연습실 뒤편에 마련된 의자에 앉아 책상에 놓인 서류를 훑어보았다. 연습실 문이 닫히고 오디션이 시작되었다. 밖에서 기다리던 나는 묘한 기분에 사로잡혔다. 둘째는 내가 갖지 못한 발랄함과 흥을 가지고 있었다. 그 사실을 그때야 깨달았다. 연습실 문을 열고 나온 둘째는 땀을 뻘뻘 흘리고 있었다.

혼자 어른들 앞에서 춤추고 노래 불렀을 아이를 보니 눈시울이 붉어졌다.

집으로 오는 내내 둘째는 오디션 때 실수한 부분을 반복해서 불렀다. 지금까지 보지 못한 열정적인 모습은 나중에 커서 뭐가 될지 궁금하게 했다. 그날 이후 둘째의 춤과 노래 사랑은 이어졌다. 거실에 있는 전신 거울을 보며 웃긴 춤과 노래를 부르고, 드라마 속의 장면을 느끼한 표정으로 연습하기도 했다. 춤, 노래, 연기의 열정이 계속 이어지는 모습을 보면서 언젠가는 TV에서 내 아들을 볼 수도 있으리라는 기분 좋은 예감이 들었다.

그런 마음이면 충분하고, 그래서 엄마가 고맙다.

이런 설레발이면 좋겠다

셋째와 함께 그림책을 보았다. 학부모가 되어 장황하게 설명하던 내게 셋째가 말했다.

"엄마! 여기 낙엽이 있어요."

막내가 가리키는 손끝에는 작은 낙엽이 그려져 있었다. 작가가 독자에게 숨은그림찾기를 하라는 듯 책의 가장자리에 낙엽이 있었다. 내 눈에는 보이지 않던 낙엽을 보며 인물의 감정을 표현하는 아이가 신기했다.

셋째는 그림책을 읽고 난 후 마음에 드는 그림을 그렸다. 내가 보기에는 공룡 꼬리의 윗부분이 갈색과 초록색으로 이루어져 있었다. 그런데 아이는 노란색으로 칠했다. 완성한 후 막내가 그림을 설명해주었다. 반짝이는 꼬리는 노란색으로 표현했다고. 그림책을 자세히 보니 공룡 꼬리 부분이 노란빛을 품고 있기는 했다. 마음 가는 대로 그린 줄 알았는데 아니었다. 엄마 눈에 보이지 않은 것이 아이 눈에는 보였다.

막내의 그림을 보며 예술적 유전자를 타고난다는 것은 무엇인지 생각해보았다. 사회 민감성이 높아 관찰력과 통찰력이 뛰어나다. 인내력이 높기에 작품을 완성하기 위한 어려움을 극복할 수 있다. 자기 표현력의 수치가 높아 그림, 언어, 음악, 운동 등의 예체능 분야에서 두각을 나타낼 수 있다. 이것은 장점이다. 단점도 있다. 남들이 좋다고 하면 싫다고 말한다. 문제의식을 가진다. 의문점과 호기심이 많아 수많은 질문을 던진다. 도전적이며 반항적이다. 통제받는 것을 싫어한다.

모든 것에는 명암이 있고 장단점이 존재했다.

그렇다면 예술적 유전자를 타고난 모두가 예술가가 될까? 왜 누군가는 천재 예술가가 되고 다른 누군가는 평범할까? 이 사람은 예술성을 발현하고 저 사람은 그렇지 못한 이유는 무엇일까?

예술적 유전자를 갖고 태어나더라도 환경이 도와주지 않는다면 자신만의 예술성을 마음껏 펼치기 어렵다. 피겨스케이팅 선수 김연아에게 김연경처럼 배구를 잘하라고 강요한다면 어떻게 될까? 부모가 재능을 일찍 발견하고 꾸준히 교육하는 환경에 놓이면 자신만의 예술성은 더 성장할 수 있다.

기질은 바뀌지 않지만, 타고난 기질의 단점을 성격과 환경이 보완해줄 수 있다. 도전적이고 반항적인 기질을 소유한 예술가가 모두 세상에 질문을 던지고 변화시키는 것은 아니다. 예술가적 기질을 발전시키려면 10년 이상 전념할 수 있는 끈기와 지속할 수 있는 환경이 중요하다고 생각한다. 적당히 하는 것이 아닌, 전념이다. 이를 통해 예술가라 말할 정도의 수준에 이를 수 있다. 갈고닦은 실력과 타고난 관찰력, 표현력, 통찰력의 합이 '예술가'를 만들고, '예술'이라고 칭하게 하지 않을까.

예술적 유전자가 있고, 예술성을 일찍 발견해서 교육했으며, 10년 이상 전념한 모두가 피카소나 다빈치처럼 되는 것은 아니다. 예술가의 생각이나 가치관을 사회적으로 포용하는 분위기 또한 중요하다. 타고난 예술가적 기질과 실력, 사회적 환경이 조화를 이룰 때 예술적 성공을 이룰 수 있다고 생각한다.

막내가 낙엽을 발견했다고 예술적 유전자를 타고난 것이 아닌지 생각한 나는 역시 엄마다. 설레발은 뒤로하고 셋째가 좋아하는 돼지고기를 사러 가야겠다. 설레발이 유별난 나이겠지만, 오늘 저녁은 삼겹살 파티다.

숲을 걷다

가볍게 옷을 입고 서울숲으로 향했다. 주차장에 길게 늘어선 차들은 나들이 나온 사람이 얼마나 많은지 짐작하게 했다. 비록 마스크로 얼굴을 가렸지만 시원하게 불어오는 바람 덕분에 꽃향기를 맡을 수 있었다. 기분 좋은 향기와 바람은 그동안 쌓인 피로를 풀어주었다.

서울숲은 체육공원, 골프장 등이 있던 부지다. 문화예술 공원, 체험학습원, 생태숲, 습지생태원의 네 공간으로 구성되어 있다. '숲'이라는 단어에 걸맞게 계절을 느낄 수 있는 나무들로 가득했다. 경주마를 탄 사람이 마스크를 쓰고 있는 조형물은 나를 잠시 멈추게 했다. 코로나를 겪고 있는 답답한 현실을 보여주는 모습에, 하루빨리 마스크를 벗은 원래의 모습을 볼 수 있기를 바라며 걸음을 옮겼다.

걷다 보니 곤충식물원이 보였고, 호기심 가득한 세 아

이와 식물원 안으로 들어갔다. 따뜻한 공기가 우리를 감쌌고, 그 안에서 다양한 선인장, 다육식물, 열대식물과 온대식물을 볼 수 있었다. 식물뿐 아니라 양서류와 파충류도 있었다. 아이들은 당근을 먹는 거북이가 신기한지 보고 또 보며 기록하기 위해 사진을 찍고 그림도 그렸다. 한쪽에는 나비, 매미, 장수풍뎅이, 거미 등의 세계 곤충 표본이 있었다.

곤충을 관찰하던 큰아이는 일곱 살 무렵 함께 나비박물관에 간 추억을 이야기했다. 서울숲을 산책하는 지금도 시간이 지나면 추억으로 자리하리라는 생각에 아이들과 남편의 모습 하나하나를 내 안에 담고 싶었다.

내 인생에 로또당첨 혹은 사업이 대박 나는 일은 없었다. 30대는 이런 허황한 큰 행운을 바라느라 작은 행복을 느끼지 못했다. 행복을 느끼지 못하자 남들과 비교하기 급급했고, 그럴수록 피해의식이 나를 지배했다. 내 삶의 기준은 내가 아닌 남이 되었다. 남들 앞에서는 쿨한 척했으나 결코 그렇지 못해, 부정적인 감정에 둘러싸인 내가 싫었다.

공간과 환경의 힘을 믿기에 잠시 주변 사람들과 거리를 유지하며 나를 살피기 시작했다. 그림을 그렸고, 그림에 담긴 생각을 글로 옮겼고, 책을 읽었다. 밖으로 향했던 시선은 혼자만의 시간으로 어느 정도 되돌릴 수 있었다. 나를 살피자 주어진 것에 감사하는 마음이 생겼고, 감사는 힘든 상황에 놓인 나를 견딜 수 있게 해주었다.

이어 이른 곳은 꽃사슴 방사장이었다. 철조망 안에 여러 마리의 사슴이 있었다. 꽃사슴들은 모이를 먹거나 햇볕을 쬐고 있었다. 가까이에서 보면 생김새가 조금씩 다르지만 멀리서 보면 단지 사슴이었다. 봄바람에 숲 향기가 진해지자 사슴들이 일제히 한 곳을 바라보았다. 고개를 돌려 자연의 바람을 즐기는 모습은 세상 속의 나를 돌아보게 했다.

생명을 얻고 세상에 태어나 한 인간으로 살아가고 있다. 어린 시절에는 어른들이 짜 놓은 각본대로 사는 것이 싫어 반항했던 삐딱이였다. 20대에는 각본의 의미를 깨달았지만, 정해 놓은 틀 안에서 살고 싶지 않았다. 30대가 되자 먹고사는 문제에 직면했고 사회가 정해놓은 틀이 안전할 수도 있다고 생각했다.

먹고살기 힘들어진 요즘은 현실 그대로가 아닌 환상을 그리고 있다. 환상의 즐거움은 현실을 잠시 잊게 해 주고 위로를 품게 한다. 사진을 찍을 때도 예쁜 각도로 찍어

필터를 사용해 보정한다. 보정된 사진 속의 풍경과 인물은 기분 좋은 상상의 세계를 선물한다. 환상 속의 그림과 보정된 사진은 메마른 삶의 오아시스다. 그래서일까, 요즘은 내 그림 중에 몽환적인 작품이 늘고 있다.

조금 가벼워질 수는 없을까

무언가에 집중하면 계획한 범위까지 끝내야만 음식을 섭취했다. 이런 습관은 몸의 균형을 무너뜨렸다. 이 때문에 체력이 점점 약해졌고, 약해진 체력은 마음의 건강도 위협했다. 육체와 마음의 연결고리가 느슨해지자 건강에 적신호가 켜졌다. 쉽게 지쳤고, 눈 아랫부분이 파르르 떨리기 시작했다. 아이들을 위해 의식적으로 끼니때마다 음식을 섭취하려 노력했고 약국에 가서 상담한 후 마그네슘을 포함한 여러 영양제를 구했다. 마그네슘 섭취 때문인지 떨림이 사라졌다. 천만다행이었다.

유한한 인생, 건강하게 늙고 싶었고, 몸과 마음 모두 가벼워지고 싶었다. 그날 이후 입을 통해 섭취하는 모든 것에 신경썼다. 무엇보다 식단 조절이 필요했다. 냉장고를 열었다. 냉장고 속에는 오리고기, 닭고기, 돼지고기, 소고기, 베이컨, 두부가 가득한 반면에 과일 칸은 텅 비어 있었다. 평소 과일을 좋아하지 않았고, 있으면 먹고 없으면 먹지 않았다. 굳이 채소와 과일을 챙겨 먹지 않았다. 생각해보니 섬유질 섭취가 턱없이 부족했다. 영양 불균형이었다.

아침 산책 후, 마트에 들러 채소와 과일을 골랐다. 과일 가격이 비싸서 장바구니에 담기까지 고민이 많았다. 특히 배의 가격은 상상 이상이었다. 남편과 아이들이 배를 좋아하니 눈 딱 감고 한 개만 담았다. 아침 식단은 섬유질로 가득 채우리라 마음먹고 마트를 나왔다.

다음 날 아침, 아침 식탁이 바뀌었다. 과일과 샐러드 그리고 고기. 가족의 반응은 예상 밖이었다. 고기보다 과일과 샐러드를 잘 먹었다. 내 입맛에 맞춰준 가족에게 미안한 마음이 드는 순간이었다. 비싼 배는 상상 이상으로 달고 맛있었다. 섬유질 많은 음식은 아침을 가볍게 시작할 수 있게 해주었지만, 아침 식단이 섬유질 많은 음식으로 채워진 것은 사흘뿐이었다.

나도 모르는 사이에 단백질 위주의 식단으로 다시 돌아왔다. 섬유질 많은 음식은 머릿속에서 지워졌다. 아침 식탁을 살피던 둘째 아이가 요즘에는 과일과 샐러드를 왜 주지 않느냐며, 자기는 샐러드가 좋다고 했다. 세 아이

중에 가장 마른 둘째는 평소 오이고추, 상추, 각종 김치 등의 섬유질 음식을 좋아했다. 아이의 말을 듣고 생각의 스위치가 다시 켜졌다.

아침 산책 후, 마트에 들러 채소와 과일을 골랐다. 남편이 미국에서는 정력을 상징해서 '늑대 사과'라고 불린다며 토마토가 먹고 싶다던 말이 떠올랐다. 희미한 기억 속에 있던, '토마토가 빨갛게 익으면 의사 얼굴이 파랗게 된다'라는 유럽 속담이 떠올랐다. 평소 누가 입에 넣어줘야 먹는 방울토마토를 장바구니에 담았다.

다음 날 아침 식단은 달걀 스크램블에 익힌 방울토마토와 오미자차였다. 방울토마토를 베이킹소다와 식초로 씻은 후, 마지막 물로 헹굴 때 꼭지를 제거했다. 흠집 난 토마토는 먹으면 안 된다. 흠집 속에 식중독을 일으키는 대장균이나 살모넬라균 등이 번식할 수 있기 때문이다. 씻어서는 세균이 없어지지 않으니, 꼭지는 마지막에 따야 한다. 달걀은 알끈을 제거한 후 우유를 넣고 소금을 약간 넣었다. 거품기로 달걀물을 푼 후 파마산 치즈가루를 넣었다. 파마산 치즈가루는 달걀 스크램블의 풍미를 살려주었다. 프라이팬에 올리브 오일을 넉넉히 두른 후 간장한 큰술을 넣고 달걀 스크램블을 만들었다. 방울토마토도 올리브 오일을 두른 프라이팬에 볶고 음식을 각자의 접시에 나눠 담았다.

그러던 내가 작심삼일을 다시 만났다. 어느새 섬유질 음식은 식탁에서 사라졌다. 이제는 사라지고 있다는 것쯤은 인지할 수 있었다. 습관을 바꾸는 것이 결코 쉬운 일이 아님을 다시 한번 느꼈다. 아침 산책을 한 뒤에 들른 마트에서 채소와 과일을 샀다. 이제는 장바구니 속의 과일과 채소가 낯설지 않았지만, 다음 날이 되면 작심삼일이 내게 살며시 손을 내밀었다. 식단 계획을 망치고 싶지 않아 작심삼일에게 단호하게 말했다.

"아침 식단 계획 망치지 마. 너도 내가 건강하게 나이 들면 좋잖아!"

나를 위한 작은 변화에 초점을 맞춰 저녁이 되면 다음 날 일정과 식단표를 작성하고 있다. 휴대전화 메모장에 식단표를 저장해놓고 다음 날 아침 산책을 마치고 마트에 들러 필요한 채소와 과일을 샀다. 미리 계획을 세우고 식단표를 작성하자 작심삼일과의 사이가 조금씩 멀어졌고 몸과 마음이 이전보다 가벼워졌다.

보이는 것 너머를 그리고 싶다

"당신이 사진작가야?"

한 피사체를 30장 넘게 찍는 아내가 못마땅한 남편이 한마디 했다. 하루 일정으로 내려온 목포였기에 계획한 곳을 방문하려면 시간이 빠듯했다. 한여름의 따가운 햇볕을 그대로 받으며 계속 서 있는 남편이 짜증을 낼 만도 했다. 남편 말대로 적당히 찍고 다음 장소로 가도 되지만 그럴 수 없었다.

보이는 대로 그리는 것은 내 성향에 맞지 않았다. 피사체를 보면서 느껴지는 감정과 생각을 연결해 그림에 담으려 했다. 나만의 기준이 있었다. 피사체를 멀리서 보고 가까이에서 본 뒤 느껴지는 감정과 생각을 노트에 적었다. 목포의 갓바위 같은 경우는 최대한 가까이에서 본 뒤 의자에 앉아 한참 동안 관찰했다. 눈을 감고 그곳의 향기, 소리, 바람을 느꼈고, 노트를 꺼내 감정과 생각을 메모했다.

햇볕의 영향을 받아 동남쪽을 향하는 삿갓과 부드럽게 움직이는 파도는 남자와 여자를 연상하게 했다. 파도가 야수처럼 으르렁거리면서 암석을 덮치기도 했고, 때로는 암석의 갈증을 달래기 위해 다정하게 다가가는 듯했다. 의자에 앉아 눈을 감고 잔잔한 파도 소리를 들었다. 바다 향기와 무더위를 달래주는 시원한 바람이 불어왔다. 행복했다.

행복을 느끼면서 행복하다는 생각은 쉽지 않았고, 행복한 순간이 지나간 후 행복했음을 고백하곤 했다. 그러나 눈을 감고 갓바위를 느끼는 순간, 행복을 경험했다.

감정과 생각을 쓴 뒤 사진을 찍었다. 다양한 각도에서 찍은 사진이 30장이 넘었다. 여러 장의 사진 중에서 표현하려는 것에 가까운 몇 장을 추렸다. 포토샵을 이용해 그 사진들의 크기를 확대하거나 축소했다. 공간감이 두드러지는 작품일 때는 크기 조절에 더 신경썼다. 가까운 곳에 있는 소재는 찍은 사진보다 크게 확대했고 멀리 있는 것은 작게 축소했다. 없던 소재를 넣거나 있던 소재를 빼기도 했다.

"넌 디자인과 회화의 중간 지점에 있는 것 같아."

대학 친구들이 종종 내게 이렇게 말한다. 보이는 그대로 그리기보다 내 감정과 생각을 담아 변화를 주려는 것은 무엇 때문일까? 대학 입시 때부터 사물의 연관성을 통해 조화를 이루도록 교육받았기 때문일까? 디자인과를 졸업했기 때문일까? 잘 모르겠다. 하지만 나만의 것을 창조하려는 마음이 강하다는 것과 좋아하는 두 화가가 있다는 것은 확실히 알고 있다.

나는 빛의 화가라고 불리는 모네와 초현실주의를 대표하는 화가 중 한 명인 살바도르 달리를 좋아했다. 좋아하는 두 화가의 조화를 그림에 담고 싶었다.

모네가 그림을 그리던 당시에 카메라가 있었다. 그는 카메라의 원리를 파헤치기 시작했고, 카메라는 빛으로 풍경, 인물, 사물 등을 찍는다는 것을 이해했다. 이에 착안해 그는 빛에 의해 변하는 자연을 캔버스에 담았다. 풍경을 그리던 화가들은 하나의 그림에 하나의 풍경만 그렸다. 그러나 모네는 '연작'이라는 아이디어를 떠올렸고 건초더미를 그렸다. 여름부터 겨울까지, 해가 뜨고 질 때까지 빛의 흐름으로 변화하는 건초더미를 그렸다.

살바도르 달리는 정신분석학자 프로이트의 《꿈의 해석》을 탐독해 꿈의 세계를 그림으로 옮겼다. 달리는 그가 태어나기 3년 전에 죽은 형의 이름을 물려받았다. 달리가 형의 환생이라 여긴 부모 때문에 그는 죽은 형과 자신이 다른 사람이라는 사실을 끊임없이 증명하려 했다. 정체성의 위기는 세상에 자신을 각인시키려는 노력으로 이어졌다.

　모네와 살바도르 달리의 작품을 보며 영감을 얻는다. 빛에 의한 아름다운 변화와 초현실적인 세상을 통해 보이는 것 너머를 그리고 싶다. 다른 누구도 아닌 나만의 그림을.

fall

삶의 농도

다름을 인정했다

서울시립미술관에서 전시를 관람할 때마다 찾는 브런치 카페가 있다. 그곳에는 마사초의 〈성 삼위일체〉를 복사한 그림 한 점이 중앙 벽면에 걸려 있다. 아기자기하게 꾸민 카페와 상반된 분위기의 그림은 이질감을 안겨준다. 암기 과목이 되어버린 서양미술사 수업에서, 이 그림은 회화에서 원근법을 사용해 그린 최초의 작품이라는 교수님의 말씀이 떠오른다.

마사초는 건축가 브루넬레스키의 수학적인 도입과 원근법의 원리, 조각가 도나텔로의 인체 조형의 표현을 통해 벽화에 원근법을 시도했다. 2차원적 평면에 3차원적 이미지를 표현한 그는 르네상스 시대의 화가들에게 많은 영향을 주었다.

성부인 하느님과 십자가에 못 박힌 예수, 하느님과 예수 사이에 성령을 상징하는 하얀 비둘기가 있다. 예수를 중심으로 왼쪽에는 예수의 어머니인 성모 마리아가, 오른쪽에는 세례 요한이 서 있다. 외부 공간에는 작품을 만들도록 산타 마리아 노벨라 성당 측에 봉헌한 도메니코 렌지와 그의 아내가 그려진 구도다. 내부 공간과 외부 공간으로 나뉜 것은 천상과 지상의 위계질서를 따르기 위해서였다. 아랫부분에는 석관이 있는데, 그곳에 인간의 해골이 누워 있다. 해골 윗부분에 이런 글이 적혀 있다.

'나도 일찍이 그대와 같았노라. 그리고 그대도 이제 나와 같게 되리라.'

비록 카페의 인테리어와 작품의 조화는 맞지 않았지만, 음식 맛에 대한 기대는 잘 맞았다. 지금은 인생 짝꿍이 된 남편이지만, 당시에는 남자친구인 그와 서울시립미술관과 덕수궁에서 데이트를 즐긴 뒤 종종 그 카페에 갔다.

건축학과였던 그는 마사초의 그림을 보고 산타 마리노 노벨라 성당 이야기를 들려주었다. 이탈리아 피렌체에 있는 고딕 성당으로, 외관은 바실리카 양식과 비슷하고 내부는 토스카나 고딕 양식을 보인다고 했다. 거기에서 르네상스 시대의 작품을 볼 수 있는데, 그중 자신의 관심을 끈 작품이 마사초의 〈성 삼위일체〉라고 했다.

전공에 따라 바라보는 태도와 관점이 달랐지만, 우리의

시선은 한 곳을 향하고 있었다. 한 작품을 다른 관점으로 바라보는 우리는 같은 풍경 속에서도 다른 생각을 했다.

서로 다른 우리는 당신 없으면 못산다는 생각으로 결혼했지만, 결혼 10년 차가 넘어서자 당신 때문에 못산다고 말했다. 그림 작업을 하면서부터 살림에 소홀해졌다. 예전처럼 바닥을 매일 쓸고 닦을 수 없었고 빨래도 매일 할 수 없었다. 회사일로 머릿속이 복잡한 채 퇴근한 남편 시선에 쌓인 빨래가 꽂혔다. 남편은 내가 들으라는 듯 거친 소리를 내며 빨래를 세탁기 안에 집어 던졌다. 외주 마감으로 예민한 나는 그런 남편 때문에 폭발했고, 결국 서로에게 거친 말이 오고 갔다. 남편은 그림을 그리기 전의 아내와 그림을 그리면서 달라진 집안 살림에 적응하지 못했고, 나는 남편이 당연히 이해해서 집안일을 해야 한다고 생각했다.

서로가 생각이 달랐다.

자기감정에 취해 싸우던 우리 눈앞에 세 아이가 있었다. 아이들이 갑자기 책상에 앉아 공부하기 시작했다. 갑자기 모범생이 된 세 아이의 태도는 우리가 잘못하고 있음을 간접적으로 알려주었다.

남편과 나는 잠시 심호흡을 한 후 식탁에 앉아 앞으로

어떻게 해야 할지 차분하게 대화를 나누었다. 남편이 빨래를 담당하기로 한 후 세 아이를 불렀다. 아이들과 함께 과일을 먹으면서 조금 전 상황을 설명해주었고 남편과의 포옹으로 마무리했다. 다행히 가족 모두 편안한 밤을 보낼 수 있었다.

여전히 사소한 갈등이 존재하지만, 우리 둘은 서로를 인정한다. 우리는 타인이고 20년 넘게 다른 환경에서 자랐으니 감정과 생각이 다른 것은 너무나 당연하다. 그래서 더 서로의 다름을 인정함과 동시에 긍정적으로 말하고 행동하려 노력하고 있다. 이런 노력과 산전수전 겪으며 나눈 시간 덕분에 '그럴 수도 있지.'라고 생각하며 서로를 보듬을 수 있었다.

'나도 일찍이 그대와 같았노라. 그리고 그대도 이제 나와 같게 되리라.'

우리에게 필요한 거리

SNS에 인간관계의 어려움에 관한 글을 올리자 댓글이 달리기 시작했다. 나만 힘든 것이 아니었다. 인간관계로 어려움을 겪는 사람이 생각보다 많았다.

전화벨이 울렸다. 친구였다.

"수진아, 진희한테 무슨 일 생겼어?"

처음 듣는 소식이었다. 사실 나는 친구들로부터 전화가 오면 반갑게 통화하더라도 전화를 먼저 걸지 않았다. 친구는 진희가 요즘 자신을 피하고 있다고 했다. 서운한 점이 있는 것 같은데 자신이 뭘 잘못했는지 모르겠다고 했다. 친구가 모르는 사건을 내가 헤아려 알 수는 없었다. 차분히 둘 사이에 오간 이야기를 들었다.

답답해하는 친구의 마음이 이해되었다. 진희는 마음이 공허하고 인정욕구가 높은 아이였다. 공허함을 타인이 주는 인정으로 채웠다. 어린 시절에는 진희의 환경을 알기에 공감했고 배려했다. 어른이 된 우리는 진희의 감정을 다 받아주기는 힘들었다. 각자의 삶을 버티느라 바빴고, 감정을 다 받아줄 의지력도 없었으며, 받아준들 서로에게 좋지 않다는 것을 느끼고 있었다. 진희는 우리가 변했다며 서운해했다. 여전히 자신이 아닌 남을 통해 공허함을 채우려 했다.

배려심이 깊은 친구도 지친 모양이었다. 이미 지쳐 거리를 유지하고 있던 나는 친구의 마음을 깊이 공감했다. 친구에게 SNS에 올렸던 글을 이야기하며, 인간관계에서 적당한 거리를 유지하는 것은 자신과 남을 위해 중요한 것 같다고 말했다.

자녀, 부모, 연인, 부부와 같이 가까운 관계에서 조절은 특히 중요하다. 밀접한 관계에서는 상대방의 생각과 취향을 고려하지 못한다. 다 알고 있다는 착각 때문이다. 가까운 사이일수록 모른다는 것을 전제로 해야 적당한 거리를 유지할 수 있다. 알고 있다는 착각에서 벗어나, 모른다는 호기심으로 다가가야 편안한 관계를 유지할 수 있다.

진희는 친구들이 자신의 어린 시절, 정신적인 어려움, 현재 상황을 다 알고 있으니 예전처럼 들어주고 공감해주기를 원했다. 그녀는 자기 생각과 감정만을 중요하게 생각했고, 친구의 생각과 감정은 헤아리지 못했다. 친구에게 말했다.

"지금까지 넌 충분히 잘했어. 모든 감정을 들어주려고 노력하지 않았으면 좋겠어. 너와 진희는 어느 정도 거리가 있어야 할 것 같아. 지금은 힘들겠지만, 그게 너와 진희가 건강한 관계를 유지하는 데 도움이 되지 않을까?"

친구는 그 말을 듣고 싶었다며 울먹였다. 친구는 진희의 감정을 받아줘야 한다고 생각했고, 진희와 거리를 두는 다른 친구들을 마음속으로 비난했다. 시간이 흐르면서 친구는 갈등을 겪고 있었다. 나무란 자신이 맞는 것 같다고 생각했으나 다른 친구들처럼 하지 못하고 있었다. 거리를 두는 것에 대한 용기가 없었고, 두려웠다.

인간관계에서 적당한 거리를 유지하는 것은 중요하다. 같이 하는 것과 혼자 하는 것을 유연성 있게 전환하지 못하면 인간관계가 힘들어진다. 다른 사람과 함께 나눌 수 있는 부분이 있고 혼자 즐길 것이 있다. 알고 있지만 쉽지 않다. 왜 그럴까? 여러 경험을 거쳐오면서 나만의 기준을 세울 수 있었다.

상대방의 생각과 가치관에 따라 적당한 거리가 달라진

다. 부모와 자녀의 거리, 친구 사이의 거리, 일로 만난 사람과의 거리는 모두 다르다. 부모와 자녀의 거리는 자녀의 마음을 느끼고 어루만져주는 한 걸음 정도 떨어진 거리가 적당하다. 친한 친구와는 손을 내밀면 잡을 수 있는 거리가 적당하고, 일로 만난 사람은 의사소통을 유지하는 정도가 좋다.

적당한 거리는 인간관계로 겪는 어려움을 어느 정도 해결해준다.

예민함도 힘이 된다

'예민함' 하면 떠오르는 명화가 있다. 아이오와주에서 태어난 미국 화가 그랜트 우드의 〈아메리칸 고딕〉이 그 것이다. 이 그림이 생각나는 것은 그림 속의 주인공에게 느껴지는 예민함 때문이다. 마른 체형의 남자는 큰 눈으로 정면을 응시하고 있다. 정갈하게 머리를 묶었지만, 몇 가닥의 머리카락이 흘러내린 여자는 고개를 살짝 돌려 남자를 보고 있다.

농가를 배경으로 엄숙한 표정의 남녀를 간결한 사실주의 기법으로 그린 작품이다. 그랜트 우드는 아이오와 남부의 작은 마을 엘돈에 위치한 고딕 첨탑이 달린 하얀 집을 배경으로 자신의 여동생 낸과 치과의사 B.H 맥키비 박사를 따로 그려 작품을 완성했다. 그는 중세 말기의 고딕 화풍, 순수함의 원리, 미국적인 배경을 적용해 작업했다. 대공황과 급격한 도시화로 점차 사라져가는 미국 농

경사회에 대한 향수를 자극하는 그의 작품은 미국인들에게 위안이 되었을 것이다.

그랜트 우드와 그의 작품에 대한 지식보다 내게 먼저 다가오는 것은 예민함이다. 예민한 성향일 것 같은 남녀가 집 앞에 서 있다. 커다랗고 매섭게 뜬 눈을 한 마른 체형의 남자는 근엄함 뒤에 예민함을 감추고 있는 듯하다. 셔츠를 남김없이 잠근 남자는 본인이 정해놓은 규칙 안에서만 살 것 같다. 홀쭉한 얼굴과 마른 몸은 깐깐한 기준으로 식재료를 선택해서 섭취했을 것 같은 인상을 준다. 남자에게 불평, 불만이 가득한 듯 미간을 약간 찡그린 그녀의 얼굴에는 답답함이 가득해 보인다.

나는 어린 시절부터 예민했다. 친구들이 염색을 조금만 바꾸거나, 옷 스타일이 변하거나, 안경테가 바뀌는 것을 금방 알아차렸다. 그래서 좋은 점이 있었다. 사람들이 자기에게 관심을 많이 두는 줄 알고 좋아했다. 선물할 때 상대방의 만족도가 높았다. 예민한 성향 덕분에 그녀가 필요로 하는 것과 부족한 것이 보였고, 그것을 그대로 전해줄 수 있었다. 여러 사람과의 관계에서는 어려움이 있었지만, 소수와 관계를 이어가는 데는 좋았다.

그런데 예민함은 타인의 작은 언행과 소소한 주변 환경

까지 신경쓰도록 했다. 카페에서 그림 그리는 것을 즐기지 않았다. 사람들의 작은 목소리 하나하나가 들려 그림에 집중할 수 없었다. 도서관에서 작은 소음이 들리면 내 눈은 책이 아닌 소음이 들리는 쪽으로 향해 있었다. 세세한 것에 신경쓰고 싶지 않았지만 그게 잘되지 않았다.

예민함은 내 생활에 불편함을 주었지만 그림을 그리고 글을 쓸 때는 장점이 되었다. 그리는 대상에게서 느껴지는 감정 하나하나를 흘려보내지 않고 그림에 담을 수 있었다. 느껴지는 감정의 크기에 따라 강약을 나타낼 수 있었고, 이것은 나만의 표현법으로 자리잡았다. 사물을 보면서 느껴지는 감정뿐 아니라 보고 듣고 생각한 것을 글로 표현하는 데 어려움이 없었다.

예민함은 숨겨진 아름다움을 찾을 수 있게 해주었다. 사물의 오른쪽과 왼쪽이 달랐고, 위와 아래가 달랐으며, 가운데에는 또 다른 다름이 숨어 있었다. 다름에는 이유가 있었고, 이유는 대상이 가진 아름다움을 발견할 수 있게 해주었다. 하나의 대상을 보더라도 깊이 있게 볼 수 있자 관찰력이 높아졌다. 내가 표현해야 하는 부분을 빨리 파악할 수 있었기에 그림을 완성하는 시간 또한 점점 짧아졌다.

그런 날이 오겠지

　어린 시절의 나는 외로웠다. 친구와 함께하면 외로움이 연해졌다. 친구들과 함께한 뒤 집에 돌아오는 길은 공허했다. 외로움이 싫어 끊임없이 남들과 관계를 맺으려 했다. 대학입시를 준비하면서부터 외로움은 우울함으로 바뀌었다. 관계 맺을 에너지가 없었고, 누군가 다가오거나 내가 다가가는 것도 힘들었다. 친구가 연락해도 싫었고, 친구와 만나고 돌아오면 바닥난 에너지 때문에 힘들었다. 관계에서 멀어지려 했다. 이런 마음 상태가 그림에 그대로 드러났다.

　고등학교 2학년 겨울방학이었다. 입시 미술 준비로 제한된 시간 안에 그림을 완성해야 했다. 친구들은 화려한 원색으로 그렸지만, 나는 회색 계열로 채색했다. 선생님이 완성된 내 그림을 한참 동안 바라보았다. 색상과 분위기가 달라 눈에 띄지만, 입시 미술을 하려면 친구들처럼 원색 계열을 사용하라고 했다.

수업을 마친 후 선생님이 나를 불렀다.

"수진아, 다른 주제로 그려볼 수 있을까? 괜찮으면 선생님이 부모님께 전화해서 연습을 조금 더 하고 간다고 이야기할게. 선생님 차로 데려다주는 거 괜찮지?"

까칠한 노처녀 선생님의 물음이 당황스러웠지만 거절하고 싶지 않았다. 선생님은 내가 그리고 싶은 것을 그려보라고 했다. 한 시간 동안 그린 후 완성된 작품을 들고 선생님께 갔다. 선생님은 고개를 푹 숙이고 팔짱을 낀 채 내 그림을 말없이 보았다.

"수진이 그림에서 내가 보이네."

그때는 그 말씀을 이해하지 못했다. 어른이 되어 생각을 더듬어보면 내 그림에 우울함이 담겨 있었던 것 같다. 선생님이 느낀 것과 내 감정이 비슷했던 것은 아닐까.

대학 시절에도 우울함은 좀처럼 나아지지 않았다. 친구들과 함께 맛있는 것을 먹고 쇼핑을 하고 영화도 보았지만, 집으로 돌아오면 항상 기운이 없었고 즐겁지 않았다. 혼자 있고 싶었다. 교회에 간다는 핑계, 다른 친구를 만난다는 핑계로 수업을 마치면 곧바로 집에 돌아왔다. 혼

자 지하철을 타고, 버스를 타고, 혼자 걷는 것이 좋았다. 내 방에서 조용히 그리고 읽고 생각하는 것이 재미있었다. 외로움을 즐겼다. 자발적으로 혼자 있으려 했고, 혼자 있는 것이 좋았다. 마음 에너지를 외로움으로 충전할 수 있었다.

대학을 졸업한 후 몇 년 뒤에 결혼했다.

결혼 후 바뀐 환경과 출산, 양육으로 힘들었다. 외로움이 짙어지면서 우울증이 찾아왔다. 제대로 잘 수 없었고 밥도 제대로 먹지 못했다. 자기 비하가 심해졌고, 그런 자신을 학대했다. 희망 없는 미래, 초라한 자신을 감당하는 것이 힘들었다. 죽고 싶었다. 그런 내게 아이들이 있었다.

마지막 힘을 내어 집 주변에 있는 신경정신과를 검색했다. 예약과 취소를 수없이 반복한 후 신경정신과 문을 열었다.

상담과 약물치료를 시작했다. 치료를 받으면서도 괜히 슬퍼지거나 불안해졌고, 어떤 일에도 흥미가 생기지 않았으며, 세상이 즐겁지 않았다. 약 기운 때문인지 자다가 깨는 현상이 사라졌고 식사량도 예전보다 늘었다. 상담을 받고 나오면 기분이 괜찮아졌으나 여전히 목과 가슴에 뭔가 걸린 듯한 느낌은 사라지지 않았다. 상담은 2주에 한 번 진행했고, 약은 2주에 한 번 처방받았다. 상담 치료를 받으며 내 생각이 조금씩 환기되었고 이전보다 밝아졌다. 약 개수가 점점 줄어갔고, 6개월 후 약과 상담 치료를 마칠 수 있었다.

　의사 선생님은 우울증이 사람에 따라 일생에 한 번만 나타나거나 주기적으로 재발한다고 했다. 지금의 나를 보면 한 번만 나타난 것 같다. 그 기간이 짧아서일 수도 있지만, 가장 큰 이유는 그림 때문인 것 같다.

　여전히 외로움과 우울함을 겪지만 예전과는 달라졌다. 지금의 내게 집중할 수 있기 때문이다. 집중하는 방법은 보이는 그대로가 아닌, 내 생각과 감정을 그림에 담는 것이다. 눈에 보이는 것에서 내 감정은 어떤 것이며 무엇을 생각하는지 살핀 후 그렸다. 이런 태도는 감정의 파도를 이전보다 잘 탈 수 있게 해주었고 마음과 몸을 건강하게 만들어주었다.

　외로움이 짙어져서 우울증으로 이어진 지난날의 감정이 치솟으려 하면 작은 그림을 그린다. 이것이 나만의 극복 방법이다. A5 사이즈의 작은 종이 위에 손에 잡히는 종이를 찢어 붙이고 색연필이나 과슈로 마무리한다. 그림에 집중할수록 우울함이 깊어지지 않고, 완성된 작품이 주는 만족감 덕분에 침울함에서 빠져나올 수 있다. 오히려 외로움이 그림과 친해지는 동력이 되었다. 완성된 그림을 혼자만 보지 않고 친한 친구들에게 보여주었다. 시작은 그림이었지만 끝은 서로에 대한 응원이었다.

작은 행동 덕분에 인간관계에서 고립되지 않고 친밀감을 유지하며 살 수 있었다. 하지만 항상 경계하고 있다. 외로움이 짙어져 우울증으로 가는 것을. 우울증이 주는 고통과 아픔을 다시는 겪고 싶지 않다.

지루함을 견디는 법

"몸무게가 또 늘었어."

오랜만에 만난 친구의 모습에 놀랐다. 넉 달 전에 만났을 때보다 살이 많이 쪘다. 그녀는 대화를 나누면서도 테이블 위에 있는 조각 케이크와 쿠키를 쉼 없이 먹었다. 건강이 걱정되니 그만 먹으라며 남아 있던 쿠키를 빼앗았다. 음료수를 다 마신 그녀는 입이 심심하다며 내가 갖고 온 쿠키를 달라고 했다. 불안정해 보여 친구의 일상을 자세히 들어보았다.

누구보다 열정적인 그녀였다. 유명 광고회사에서 다니던 그녀는 육아와 건강 문제로 퇴사했다. 한동안은 집에 있는 것이 편하고 좋았으나 시간이 흐르면서 지루해졌다. 지루함을 푸는 방법으로 먹는 것을 택했다. 살이 찌고, 몸에 좋지 않은 음식이라는 걸 알지만 멈출 수 없었다. 결국 짧은 기간에 살이 많이 쪘고, 그런 모습에 무기

력해졌다. 그녀는 악순환을 되풀이하고 있었다. 친구의
변화가 속상했다.

집에 돌아온 나는 생각에 잠겼다. 어떨 때 지루함을 느
끼고, 지루함이란 무엇이며, 지루함을 긍정적으로 이끄
는 나만의 방법이 있는지.

나는 계획 없이 하루를 살아갈 때 지루함을 느꼈고, 눈
에 보이는 결과물을 창조할 때 지루함이 사라졌다. 나를
돌아보니 지루함은 무언가 하고 싶고 참여하고 싶은 욕
구가 있는데 하지 못할 때 생겼다. 지루함을 긍정적인 방
향으로 이끄는 나만의 방법은 '그림 그리기'였다.

지루하다고 느끼면 생각과 감정을 그림에 담았다. 생
각은 조금씩 단단해졌고, 묵은 감정을 어느 정도 흘려보
낼 수 있었다. 그리지 않는 날에는 불편했다. 무언가 하
려는 욕구가 충족되지 않았기 때문이다. 그림이 아니었
다면 무기력한 삶을 살았을 것이다. 지루함은 '그림 그리
기'라는 행동을 하게 만들었고, 이 행동으로 작품이 쌓였
다. 쌓인 그림은 잘살고 있다는 안도감과 삶의 만족감을
높여주었다.

매번 같은 스타일의 그림만 그리다 보면 지루함이 다가
온다. 그럴 때는 다른 스타일의 그림을 그린다. 어떤 날

은 묘사만 하고, 다른 날은 무심한 듯 종이 위에 수채화 물감을 턱턱 얹기만 하며, 수채화 위에 과슈나 아크릴과 같이 재료를 섞어 그리기도 한다. 수채화의 여러 기법은 지루함을 달래는 데 도움이 된다. 지루함을 느끼면 마카, 색연필, 유화, 아크릴, 과슈 등으로 재료를 바꿔 수채화를 그린다. 다양한 그림 재료는 그리는 사람의 삶을 즐겁게 해주었다.

일상에서 사람들은 지루함을 느낀다. 누군가는 달리기나 운동으로, 또 다른 누군가는 춤을 추거나 노래를 부르는 등 각자만의 방법으로 지루함을 달래고 있다. 지루해서 힘들다는 친구에게 그리기의 즐거움을 건네고 싶다. 미처 말하지 못한 것은 글로 남긴다.

'지루함을 느끼면 네 삶에 긍정적인 영향을 줄 수 있는 대상을 찾아봐. 거기에 몰입할 때 주체성이 형성된다고 생각해. 주체성은 자신의 삶을 통제할 수 있으며 삶의 주인이나 자신이라는 것을 알게 해줄 거야. 나이들수록 뇌 기능이 저하되고 인지 능력이 떨어진다고 하더라. 주체성과 통제력이 떨어지기 전에 우리 같이 그리고, 책도 많이 읽자.'

단발머리

그림을 그리면서부터 마음이 정리되었다. 마음이 정리
되자 다른 사람을 바라보는 시선이 너그러워졌다. 이제
는 아이들이 뒤집어 놓은 속옷도, 토요일이면 온종일 TV
와 연애하는 남편도 내 신경을 건드리지 않는다. 내 긴
생머리만 빼고.

남편과 아이들은 내 긴 생머리를 사랑했다. 물론 나도
그랬다. 매일 아침, 긴 머리카락에 트리트먼트를 바르고
무거워진 머리카락을 돌돌 감아 비닐 헤어캡으로 감쌌
다. 머릿결 사수를 위해 10분 동안 트리트먼트를 하며 부
지런히 화장실 청소를 했다. 하나의 의식이 된 이것을 하
지 않으면 온종일 기분이 찜찜했다. 자연스럽게 스며든
습관은 하루를 시작하는 동력이 되었고 규칙적인 일상을
보낼 수 있게 했다.

그런 어느 날, 긴 생머리가 무겁고 지겹게 느껴졌다. 휴

대전화로 단발머리 스타일을 검색했다. 검색만 하다가 해야 할 일들을 미루었다. 행동을 멈추었다. 휴대전화를 덮고, 긴 머리카락을 유지하든지 아니면 단발로 자를지 결정해야 했다. 단발로 자르기로 한 후 미용실에 예약했다. TV와 한 몸이 된 남편에게 세 아이를 살며시 맡기고 미용실로 갔다. 내 얼굴 상태를 객관적으로 인지하지 못한 채 사진 속의 모델처럼 되기를 기대하며 발걸음을 옮겼다.

원장님과 이야기를 나누지만 눈은 후드득 떨어지는 머리카락에 고정되었다. 잠시 후, 단발머리 아주머니를 거울 속에서 만났다. 역시 상상과 현실은 달랐다. 어찌나 어색한지 제대로 쳐다볼 수 없었다. 원장님은 어색해하는 내게 잘 어울린다는 말을 반복했다. 이미 자른 머리카락인데 어쩌겠는가. 원장님의 파마 기술에 의지했다.

단발이 된 머리카락들은 디지털 로뜨로 돌돌 말아 올려졌다. 열처리로 머리가 따뜻해지자 눈이 스르르 감기기 시작했다. 만감의 교차로 정신적 에너지가 고갈되었는지 천근만근 무거워진 눈꺼풀을 이기지 못하고 잠이 들었다. 꾸벅꾸벅 졸고 있어 로뜨가 풀리는 줄도 몰랐다. 머리 위로 물이 흐르는 느낌이 들어 깜짝 놀라 눈을 떴다.

작고 탱글탱글한 머리를 보고 또다시 놀랐다.

샴푸를 하고 자리에 앉았다. 현실을 받아들이기 위해 거울 속의 나를 뚫어지라 바라보았다. 그리고 다시 주문을 걸었다.

'머리를 말리면 괜찮을 거야.'

젖은 머리를 정성스럽게 말려주고 스타일링을 해주었다. 젖은 머리카락이 두피에 달라붙어 내 얼굴형이 그대로 드러나 까무러친 마음이 스타일링으로 잠잠해질 수 있었다. 드라이하고 나니 어색함이 사라졌다. 역시 남편 말대로 나는 적응이 빠르고 그처럼 단순했다. 생각보다 괜찮은 머리에 만족해하며 미용실을 나왔다. 한결 가벼워진 머리 때문인지 인생의 제2막이 시작될 것 같은 예감이 들었다.

남편은 단발머리의 나를 보더니 입꼬리가 점점 올라갔다. 한쪽 입꼬리만 올라간 것이 아니기에 분명 비웃는 건 아닌 듯하지만 기분이 썩 좋지 않았다. 미묘한 감정에서 벗어나려고 "단발머리 잘 어울려?"라고 묻자 새롭고 산뜻해 보여 보기 좋다고 했다. 그 말에서 진심을 느낄 수 없었다. 찜찜했다.

눈치 빠른 남편이 내 기분을 알아챈 건지 빙그레 웃으

며 말했다.

"당신은 긴 머리여도 짧은 머리여도 예뻐."

'단발머리' 하면 구스타프 클림트의 〈헬레네 클림트의 초상〉이 생각난다. 단발머리의 한 소녀가 무언가를 응시하고 있다. 짙은 갈색 단발머리가 사랑스러운 소녀의 볼은 옅은 홍조를 띠고 있다. 머리카락 색상은 밝고 환한 배경과 블라우스와의 대비를 통해 시선이 소녀의 두상으로 향하도록 했다. 또렷한 눈빛과 물결치듯 아름다운 블라우스를 입은 소녀의 곧은 허리는 당당함을 보여준다. 소녀가 내게 단발머리에 자신감을 가져도 된다고 말해주는 것 같았다. 아니, 정확하게 표현하면 내 소망을 작품 속의 그녀에게 강요하고 있었다.

작품 속의 주인공인 헬레네 루이즈 클림트는 클림트가 사랑한 동생의 딸, 즉 그의 조카다. 그는 동생이 죽은 후 조카의 후견인이 되어 평생 아버지 역할을 대신했다. 오스트리아의 상징주의 화가이자 빈 분리파 운동의 주요 회원인 구스타프 클림트는 여성의 관능적인 육체를 많이 그렸다. 당시 사회에서 성을 강조한 그의 작품은 비난의 대상이었다. 하지만 그는 다양한 미술 양식에 대한 실험을 이어가, 자신만의 작품 세계를 넓혀갔다.

단발머리는 생활 패턴에 변화를 가져왔다. 여전히 내 머리카락을 위한 10분의 트리트먼트와 화장실 청소는 이어졌지만, 머리카락을 말리는 시간이 20분에서 10분으로 줄어들었다. 머리를 대충 말리고 컬 크림을 살짝만 발라도 우아한 아줌마가 되었다. 물론 얼굴은 아니다. 단발머리를 한 후 다음날부터 세 아이의 엄마 그리고 아내로 사는 일상이 조금씩 바뀌었다.

먼저, 삼식이 아이들은 일주일에 두 번 식사 준비와 설거지를 했다. 첫째는 김치와 스팸을 써는 '썰기 담당'이었다. 둘째는 프라이팬에 식용유를 두르고 누나가 준 재료들을 볶는 '볶음 담당'이었다. 셋째는 모든 것의 마무리인 '설거지 담당'이었다.

처음부터 세 아이가 각자 위치에서 맛있게 음식을 맛있게 만들고 설거지하지는 못했다. 주방 벽과 바닥에 김칫국물이 튀는 것은 당연한 일이었고, 바닥 군데군데 떨어진 밥풀이 걸을 때마다 밟혔다. 서로 손이 맞지 않아 싸우다가 한 아이가 꼭 울었다. 무엇보다 막내의 설거지는 가관이었다. 설거지했다고는 믿기 어려울 정도로 고춧가루가 그릇에 그대로 붙어 있었고, 어떤 숟가락은 세제 향이 그대로였다. 설거지하면서 물이 사방팔방으로 튀어

뒤처리를 위해 바닥을 박박 닦아야만 했다. 한껏 올라오는 화를 누르며 주방을 청소했고, 비록 간이 맞지 않는 음식이지만 아이들 앞에서 맛있게 먹었다.

그런데 정말 신기하게도 세 번의 시행착오 끝에, 아이들은 다투지 않고 각자의 자리에서 맡은 일을 일사천리로 진행했다. 음식 손질부터 볶음 그리고 설거지까지 내가 했다고 해도 믿을 만큼 만족스러웠다. 무엇보다 첫째는 간이 딱 맞는 음식을 할 수 있었다. 얼마나 다행인지 모른다.

아이들은 어떤 날은 김치볶음밥을, 또 어떤 날은 햄 달걀 볶음밥을, 그리고 주먹밥을 번갈아 한다. 세상에서 제일 맛있는 밥은 내가 아닌 남이 해준 밥이라는 말이 맞았다. 아이들이 내게 해주는 밥이 세상에서 가장 특별하고 맛있다.

하루 2시간씩 나만의 시간을 가지는 것도 소중한 변화 중 하나다. 오후 5시부터 7시까지 나만의 시간이었다. 그 시간이 되면 아이들은 책을 읽거나 숙제를 한다. 무엇보다 2시간 동안 아이들은 내게 오지 않는다. '엄마 시간'이라는 것을 아는 아이들은 내 시간을 존중해준다.

지금까지 단발머리로 자른 후 변한 것은 이 두 가지이

지만, 앞으로 만들고 바뀔 일상이 기대된다. 내게 단발머리는 머리카락의 길이가 짧아진 것만을 의미하지 않는다. 그것은 내 인생의 작은 변화가 시작된 시작점이다.

그 시간이 나를 엄습할 때

불안감은 심신을 쇠약하게 했다. 중력의 힘을 감당하지 못하고 눈만 뜬 채 창밖의 희미한 달빛을 쳐다보았다. 몸을 일으키려 안간힘을 썼으나 뜻대로 되지 않았다. 일어서려고 할수록 '할 수 없다'라는 패배감이 약해진 마음을 지배할 뿐이었다. 감당할 수 없을 것 같은 예감은 전신마취를 한 듯 손끝 하나도 움직이지 못하게 했다. 오싹한 기운이 온몸을 감쌌다.

가위에 눌릴 시간이 다가오고 있었다. 눈이라도 떠야 했고, 손끝이라도 움직여야 했다. 두려움 안에 놓이지 않기 위해 필사적으로 애썼다. 갑자기 방문이 열리는 소리가 들렸다. 가위에 눌리기 시작한 건가! 섬뜩한 감정이 몰려왔다.

"엄마, 저 여기서 자도 돼요?"

둘째 아들의 목소리였다. 귀신이 아들의 모습을 한 걸

까? 실눈을 뜨고 본 건 분명히 둘째였다. 기린 캐릭터 베개를 안고 있는 진짜 내 아들이었다. 잠에 취해 눈이 반쯤 감긴 아들은 화가 난 것 같았다. 자신을 보고 있는데 아무 대답도 하지 않는 엄마가 못마땅했나 보다. 짜증이 난 아들은 내 몸을 흔들었다. 다행이었다. 덕분에 가위에 눌리지 않을 수 있었다.

나는 주로 쉼과 일의 균형이 무너졌을 때 가위에 눌린다. 마음과 몸의 균형이 무너질 때 압박감, 두려움, 답답함과 같은 부정적인 감정이 밀려왔다. 살아가다 보면 누구나 겪을 수 있는 감정이었다. 그림을 그리기 전에는 부정적인 감정이 밀려오면 그 감정에 파묻혀 헤어 나오지 못했고 그로 인해 불면증이 심해졌다. 하지만 그림을 그리고 나서부터는 그런 감정이 그림의 소재가 되었다. 색상은 회색을 사용했고, 명도는 어두워졌으며, 채도는 낮아졌다. 그런 감정을 그림에 토해내고 나면 마음 편히 잠을 청할 수 있었다.

하지만 이번에는 달랐다. 다른 회사에서 준 일이 많아졌고 전시회 준비까지 겹치자 부정적인 감정을 털어낼 시간적인 여유가 없었다. 회사에서 원하는 그림을 정해진 날짜까지 제출해야 했고, 전시할 그림을 마감 기간 안에 완성해야 했다. 갑자기 해야 할 일이 많아졌다. 이것도 중요했고 저것도 중요했다.

나는 어떤 문제가 발생하면 파악하고 해결하기까지 시간이 오래 걸리는 사람이다. 먼저 지금 꼭 해야 하는 일 하나에만 집중하고 나머지는 머릿속에서 지운다. 그 한 가지에 대한 상황과 감정을 노트에 적기 시작했다.

마감 날짜가 정해진 일이었다. 반드시 해야만 하는 일이고 할 수 있는 일이었다. 하지만 몇 주일 동안 하지 않았다. 부담감 때문이었다. 부담감을 내려놓기 위해 감정 단어를 써보았다. 잘해야 한다는 압박감, 기대만큼 하지 못할 것 같은 두려움, 이런 감정을 모르는 척하는 자신에 대한 답답함.

"두렵지 않은 상태, 그것은 애초부터 불가능하다. 중요한 것은 두려움을 조절하고 그로부터 자유로워지는 것을 배우는 데 있다."

– 베로니카 로스

그렇다. 압박감과 두려움, 답답함의 감정을 조절하고 그로부터 자유로워져야 했다. 감정을 조절하려면 어떻게

해야 할까? 합리적인 생각으로 전환하려 노력했다. 작은 해결책을 행동에서 찾았다. 집중이 잘 되는 오전 시간에 마감 날짜가 정해진 일을 하기로 했다. 오전에 해놓아야 편안한 마음으로 나머지 일정을 소화할 수 있다.

　다음날이 되었다. 오전 9시에 의자에 앉아 그리기 시작했다. 내 안에서 잘해야 한다는 압박감과 기대만큼 하지 못할 것 같다는 두려움, 할 수 있다는 열정이 서로 다투었다. 집중력이 낮아졌고 산만해졌다. 부닥치는 감정들에서 벗어나고 싶어 그림을 그리다 말고 SNS를 보았다.

　정해 놓은 최소한의 범위만큼 그리기로 다짐하고 다시 붓을 들었다. 한 시간, 두 시간, 세 시간이 지나갔다. 30분에 한 번씩 화장실을 갔고, 샤워했고, SNS를 했다. 자정이 되었다. 계획한 부분까지 그릴 수 있었다. 최소한의 범위만 그리려는 계획 때문에 할 수 있었다.

　부정적인 감정으로 힘들어질 때면 지금 해야 하는 일 딱 한 가지를 골라 최소한의 범위만 해결하려 한다. 이런 생각과 노력은 대처 능력이 떨어지고 부정적인 감정에 쉽게 파묻히는 내게 좋은 해결법이다.

함께여서 좋은 사람들

혼자만 그림 작업하다 보니 동료 예술가에 대한 갈증이 있었다. 그림 이야기를 나누며 자극을 주고받을 동료 예술가를 만나고 싶었다. 소통과 교류가 단절된 상태에서 혼자만의 그림을 그리는 것은 생각의 정체기에 접어들게 했고 결과물에 대한 만족감을 떨어뜨렸다.

몇몇 사람은 그림을 그린다고 하면 색안경을 끼고 바라보았다. 자신만의 독특한 세상에 살고, 혼자만의 작업을 즐기며, 타인과의 소통을 즐기지 않는다고. 하지만 그렇지 않다. 반 고흐와 폴 고갱, 파블로 피카소와 앙리 마티스, 레오나르도 다빈치와 미켈란젤로, 장 미쉘 바스키아와 앤디 워홀, 마네와 모네 모두 동료 예술가와의 교류를 통해 자신의 작품 세계를 넓혔다.

《예술가로 살만합니다》의 저자인 이상진 작가에게서 연락이 왔다. SNS를 팔로잉하고 있던 내게 함께 그룹 전

시회를 하자고 제안했고, 흔쾌히 받아들였다. '목포'를 주제로 작가 아홉 명이 그룹 전시회를 했다. 여행 드로잉 작가, 일러스트레이터, 인물화 작가, 미술 선생님, 그림 작가, 그림 에세이 작가, 여행 에세이 작가, 그림책 작가로 구성되어 있었다. 세 점을 6월 30일부터 9월 18일까지 완성해야 했다.

남편과 목포로 내려갔다. 목포를 담은 사진들을 보며 그림을 그리기 시작했다. 작품 한 점을 완성하기까지 3주의 시간이 걸렸다. 스케치한 후 바탕을 채색했다. 주제 부분에 색을 올리며 주변을 채색했다. 내가 정한 단계에 맞춰 천천히 조금씩 완성했다. 9월 18일, 완성된 세 점을 들고 홍대에서 작가들을 만났다. 낯가림이 심해 마음이 움츠러들었다. 모두 다른 성격이었지만, 그림으로 만난 사이라 그런지 오가는 대화가 편안했다. 그중 한 작가의 이야기는 내 과거와 현재를 돌아보게 했다. 육아로 힘든 중에도 작품 활동을 이어가는 모습을 마음속으로 힘차게 응원했다.

그림책, 그림 에세이, 여행 에세이 출간까지 각자의 관심과 근황을 나누었다. 다양한 이야기에 담긴 건 한 가지, 그림에 대한 사랑이었다. 각자의 자리에서 열정적으로 그리는 모습을 통해 좋은 에너지를 얻었다. 곧 출간할 책과 전시회 계획을 나누며 서로를 응원하는 모습에서 따뜻함을 느꼈다. 그림에 대한 생각과 감정을 나눌 동료 예술가들을 만났다는 것은 내게 더없이 큰 기쁨이었다. 표현이 서툴러 마음이 전해졌는지 잘 모르겠지만, 함께할 수 있어서 감사했다.

목포 신형당미술관에서 11월 6일부터 26일까지 전시회를 열었다. 주제는 하나였지만, 표현 방법은 아홉 가지였다. 작가마다 사용한 펜의 두께가 달랐다. 얇은 펜, 중간 두께의 펜, 두꺼운 펜. 표현 방식도 달랐다. 중심 주제에 색감을 많이 올린 작가가 있고, 전체적으로 연한 톤을 유지하며 통일감을 준 작가도 있다. 수채화가 아닌 과슈를 사용한 작가도 있었다. 작품과 작가의 느낌이 한결같았다. 펜, 물감의 농도, 표현 방식에 따라 관람자에게 아홉 가지 분위기를 선물할 수 있었다.

서로의 작품을 보며 궁금한 점을 물어보았다. 이 부분을 그릴 때 어떤 물감을 사용했는지, 이런 구름을 표현하기 위해 어떤 기법을 사용했는지, 비워진 공간은 흰색 물감을 이용한 건지, 라인을 그릴 때 남다른 도구를 쓰는지, 반짝이는 느낌을 표현하기 위해 사용한 보조제는 뭔지, 액자는 얼마에 맞추었고 어디에서 했는지까지. 모르고 있던 것과 알고 있었지만 그림에 적용하지 못한 부분을 깨달았다.

그림을 시작으로 인생과 앞으로의 계획 이야기를 나누었다. 언어 표현 방법도 아홉 가지였다. 그림을 보면 작가의 인생이 보인다는 말이 맞았다. 작가의 모든 것이 그림 한 점에 녹아 있었다. 저마다 다른 매력을 가진 작가들과의 소통은 시간 가는 줄 모르게 했다. 내게 동료 예술가를 만난다는 것은 고립에서 소통으로 나아간다는 것을 의미했다. 드디어 새로운 활력을 얻었다.

인정의 기준을 달리했다

어린 시절에는 세상의 기준이 나였다. 유치원에서 내 그림 칭찬이 쏟아졌다. 선생님은 휘황찬란한 언어로 부모님께 그림을 설명했다. 초등학교 때는 그림과 만들기로 상을 자주 받았다. 중학교와 고등학교를 거치면서 그림의 의미가 옅어졌다. 입시 미술을 준비하면서 그림에 등급이 생겼다. 타인의 기준에 의해 줄 세우기식 그림이 되었다. 인정의 기준이 내가 아닌 남으로 옮겨갔다. 대학 시절에도 인정을 주는 대상이 타인이었기에 그림에 대한 열정이 없었다.

그림을 다시 그리면서부터 인정의 기준이 달라졌다. 내가 나를 인정하면 만족했다. 나를 인정하자 마음이 편해졌고 가족과의 관계도 좋아졌다. 내 그림을 아껴주는 사람들이 생겼고 외주 일이 들어왔다. 남이 주는 좋아함과 외주 일은 내 인생의 작은 이벤트였다. 하지만 그것은 부수적으로. 주된 것은 나였다.

인정의 기준이 타인에게서 자신에게 넘어오는 것이 한순간에 되는 것이 아니었다. 세 가지 개념을 중요하게 여기며 실천하자 지금이 될 수 있었다. 나와의 관계를 잘 형성하려 했고, 긍정적인 환경에 나를 두려 노력했으며, 좋은 사람들과 좋은 에너지를 주고받으려 했다.

내게는 여러 가지 이미지가 있다. 혼자 있을 때의 모습, 남들에게 보여주고 싶은 모습, 남들이 몰랐으면 하는 모습. 말레이시아에서 동고동락했던 세 동료 중 한 명이 내게 이런 말을 했다.

"수진 씨는 잘 모르겠어요."

몇 년 후 사회에서 만난 사람이 내게 비슷한 문장으로 말했다. 그 문장은 나를 혼란스럽게 했다. 내가 나를 보는 모습과 남이 나를 보는 모습의 간극이 크다는 의미로 다가왔기 때문이다. 나를 제대로 마주해야 한다고 생각했다. 그래서 나와의 관계가 잘 형성되어 있는지 들여다보았다. 내가 원하지 않는 모습으로 사는 건 아닌지, 남들이 원하는 모습이 내 모습이라고 고집하는 건 아닌지, 척하는 삶을 사는 건 아닌지. 감정적으로 화가 나면 화난다고 말했고, 우울하면 병원을 찾았으며, 불안하면 그림을 그리거나 산책하며 마음을 환기했다.

생각을 더듬던 중 마주한 것이 그림이었다.

내가 그린 그림은 편안함, 밝음, 아름다움의 감정을 주었다. 하지만 실제 내 감정은 그렇지 않았다. 편안하지도 밝지도 아름답지도 않았다. 그림에 담긴 감정들은 내가 갖고 싶은 것이었다. 그림을 통해 깨달았다. 이상적인 모습과 현실의 모습에 간극이 존재했다. 간극의 차이를 느끼고 말하는 그들을 통해 보여주고 싶지 않은 내 모습이 들통난 것이다. 상대방의 언어를 공격이라 정의 내렸고, 나를 받아들이려 하지 않았다.

감추고 싶은 모습을 받아들이자 이전처럼 감정이 올라오지 않았다. 내 삶이 제한되지 않았고, 내가 관심 대상이 되었다. 나와의 관계가 좋아지면서 인정의 대상이 내게로 옮겨오기 시작했다.

인정의 기준이 완벽하게 내게로 오려면 환경을 설정하는 게 중요했다. 이해할 수 없는 부정적인 피드백을 주거나 경쟁과 성공을 심하게 외치는 사람들과 있다 보면 인정의 기준이 남에게로 옮겨가려 했다. 기준이 타인으로 가는 순간 겪을 감정 에너지의 소비와 육체적 고통을 알기에, 그런 환경과 사람에게서 거리를 두고 시간이 흐르면서 멀어질 수 있었다. 나를 지키기 위해 긍정적이면서도 직언을 해줄 수 있는 사람들이 있는 모임에 참석했다. 그들과의 소통을 통해 나 자신을 더욱 인정할 수 있었다.

아무리 환경을 설정하더라도 관계에서 이어진 어려움과 피곤함은 존재했다. 그럴 때면 엄마, 친한 친구들과 이야기를 나누었다. 나를 무조건 응원해주는 그들은 방전된 마음 에너지를 충전해주었다. 그들에게서 위로받았고, 힘과 용기를 얻었으며, 다음을 살 수 있었다. 무엇보다 '나는 꽤 괜찮은 사람'이라고 생각했다. 괜찮은 사람이라는 인정은 내가 나를 더욱 인정하게 했다.

winter

깊은 밤을 건너 온 사람에게

다시, 그림을 그리다

2015년 06월 17일 메르스로 나라가 떠들썩한 날, 아빠는 돌아가셨다. 슬픔과 그리움이 잠잠해질 무렵, 3차 수술 전 아빠가 내게 하신 말씀이 생각났다.

"아빠는 수진이가 다시 그림을 그리면 좋겠어."

일곱 번의 여름을 지내고, 일곱 번의 겨울을 보낸 후 계절에 따라 그리는 재료도 바뀌었다. 봄이 되면 가벼운 느낌의 연필과 색연필, 그리고 마카로 그린 후 컴퓨터그래픽으로 마무리 작업을 했다. 여름이 되면 시원하고 부드러운 느낌의 수채화를 그렸고, 가을이면 수채화보다 무거운 느낌의 아크릴을 그렸다. 겨울에는 묵직한 유화로 그림에 마음을 담았다.

캔버스 안에 좋아하는 재료로 그림을 그리다 보면 스트레스가 사라졌다. 그림에 색을 온전히 담을 수 있었고, 쌓인 색은 그림을 완성할 수 있게 해주었다. 그림 안에서는 자유로울 수 있었다. 자유는 우울함이 아닌 기쁨을, 불안이 아닌 안정감을 주었다. 쌓인 그림들은 친구이자 정신과 의사가 되었다.

그림을 그린 후 작품에 관한 생각을 노트에 적었다. 글을 쓰기 시작하자 정리되지 않던 감정들이 여실히 드러났고 그 때문에 마음이 힘들었다. 처음에는 가볍게 시작한 글쓰기가 이제는 전혀 가볍지 않았다. 이 단계를 넘기 위해 중요한 것은 '마음 정리'였다. 그러나 어디서부터 어떻게 마음을 들여다보고 표현해야 할지 막막했다. 그림은 어려서부터 그렸기에 마음을 담기 쉬웠지만, 글쓰기는 너무 어려웠다. 천천히 성실하게 쓰기 시작했다. 그림처럼 글도 조금씩 쌓였다.

글쓰기가 조금 편해졌다. 하지만 아빠의 뇌암 판정과 수술 그리고 죽음까지의 과정을 그림이 아닌 글에 담는 것은 힘들었다. 아빠에 대한 추억은 인생에서 풀어야 하는 문제였지만 풀고 싶지 않았다. 그 문제를 마주하는 순간 주체할 수 없는 부정적인 감정이 나를 삼켜버릴 것 같았다.

언젠가는 해야만 했다. 그림에 마음을 담기 원하셨던 아빠의 소망을 이루기 위해 꼭 풀어야만 했다.

아빠에 대한 마음과 상황을 꺼내기 시작했다. 시작과 동시에 무거운 공기가 나를 눌렀다. 더는 쓰고 싶지 않았다. 그런 날은 그림을 그렸다. 그림은 마음을 감출 수도 있고 은유적으로 표현할 수 있었다. 그림을 완성한 후 다시 글을 쓰기 시작했다. 쓰고 수정하는 모든 순간이 힘들었다. 어떤 날은 한 문장만 썼다. 다른 날은 글을 쓰는 내내 몸이 아팠다. 한 편을 다 쓴 날은 몸살로 앓아누워야만 했다.

시간이 얼마나 흘렀을까? 이제야 아빠에 대한 글을 쓰며 고장 난 수도꼭지처럼 울지 않는다. 아직도 눈물이 흐르지만, 이제는 감당할 수 있는 눈물이다. 글쓰기 전과 후의 감정이 긍정적으로 바뀔 수 있다는 사실이 놀랍다. 글이 가진 힘을 믿고, 마음의 소리에 귀를 기울일 수 있다. 그림 그리는 사람인 내가 글을 쓰기 시작하면서 떠오른 작품은 미켈란젤로의 〈천지창조〉였다.

"나는 완전히 의기소침해 있습니다. 벌써 일 년이나 교황에게서 한푼도 받지 못하고 있습니다. 나는 아무것도 청구하지 않았습니다. 일이 너무나 진척되지 않았기 때문에 보수를 받으리라는 생각도 할 수 없습니다. 일이 늦어지는 것은 이 일이 어렵고 내 본업이 아니기 때문입니다. 시간만 자꾸 헛되이 지나갈 뿐입니다. 신이여 도와주소서!"

— 미켈란젤로

르네상스를 대표하는 거장 중 한 명인 미켈란젤로는 〈피에타〉와 〈다비드〉 등의 작품으로 실력을 인정받은 조각가였다. 그런 그가 벽에 석고를 바른 뒤 마르기 전에 물로 녹인 안료로 그리는 방식인 프레스코화를 그렸다. 교황 율리우스 2세로부터 시스티나 성당의 천장화를 부탁받았기 때문이다.

그는 벽화 기법을 몰랐으나 그림을 그려야만 했다. 조각가였던 그의 그림 진행은 느렸고 그로 인해 보수는 나오지 않았다. 그는 자신의 그림이 부족하다고 생각했기에 보수를 요구하지 못했다. 높은 천장에서 몰입해 그리다 보니 육체적 고통에 시달렸다. 하지만 계속 그림을 그렸다. 조각이 아닌 그림으로 고통받는 그의 모습은 그림이 아닌 글쓰기로 힘들어하는 나를 떠올리게 했다.

열악한 환경과 혹독한 병마와의 사투 끝에 그는 1508년에 시작해서 1512년에 〈천지창조〉를 완성했다. 조각

가로서 명성이 높았던 그가 시스티나 성당의 천장화로 프레스코화에 도전하고 역사에 길이 남을 걸작을 탄생시킨 과정은 그림이 아닌 글쓰기에 도전하고 있는 내게 용기를 주었다. 남들보다 늦게 시작한 글쓰기였다. 더디고 모자란 글이지만, 직관적인 글쓰기를 통해 아빠에 대한 마음을 들여다보고 비워야만 했다. 그래야만 아빠가 원하는 마음을 담은 그림을 그릴 수 있었기 때문이다.

천재라고 불리는 미켈란젤로는 "내가 얼마나 많이 노력했는지 안다면, 당신은 절대 나를 천재라고 부르지 못할 것이다."라고 말했다. 한 분야에 매진하려면 남다른 선택과 의지가 있어야 한다. 이런 선택과 의지는 자신의 안과 밖에 있는 동기로 성장시킬 수 있다. 내게 그리고 쓰게 하는 내적 동기는 '아빠' 다.

죽음은 삶의 과정 중에서 끝에 자리하며, 생명의 탄생과 동시에 필연적으로 우리를 따라다닌다. 노화와 질병은 죽음으로 가는 지름길을 마련해준다. 이것을 환기해주는 작가가 있다. 심리적 투시법으로 인물화를 그린 영국의 대표적인 현대미술 작가 '루치안 프로이트' 다.

그의 작품인 〈반사, 자화상〉에서 확인할 수 있듯 그는 피부를 통해 인간의 심리, 습관, 가치관을 표현했다. 고독하고 투박해 보이지만, 그는 빛을 예민하게 표현하며 인간의 본질을 암시하듯 세심하게 그림을 그렸다. 적나라하게 표현된 육체는 관객들에게 인간이 마주해야만 하는 필연적인 삶의 조건들을 생각하게 했다. 본능 앞에 노출된 인간을 그린 그는 초현실주의의 핵심인 무의식에 관한 이론을 제시한 정신분석학자 지그문트 프로이트의 손자였다. 어느 유파에도 속하지 않고 자신만의 예술 세계를 만들며 위대한 화가가 된 그도 죽음을 피할 수는 없었다. 그렇다. 인간의 탄생은 죽음을 예견한다.

머리로는 알고 있지만 다가올 아빠의 죽음을 받아들이기 힘들었다.

아름다운 꽃들과 싱그러운 바람이 가득했던 2015년 봄날, 아빠는 대학병원에서 요양병원으로 옮겨갔다. 아빠는 오랜 병마에 시달리며 죽음과 싸우고 있었다. 힘겨운 간호와 죽음의 두려움을 견디는 엄마, 아빠를 위한 간절한 기도와 엄마의 마음을 살피는 딸, 모든 상황을 살피면서 듬직하게 가족을 챙기는 아들의 마음은 아빠로 향해 있었다. 병원과 달리 요양병원에서는 아빠에게 끼워진 링거 주삿줄이 세 개밖에 없었고, 튜브를 삽입해 유동식을 먹는 횟수도 줄었다. 줄어든 모든 것은 아빠와의 시간이 얼마 남지 않았음을 알려주었다.

　뼈가 보일 정도로 앙상한 아빠의 마른 몸을 닦고 주물렀다. 집에서 가져간 바디로션을 아빠 발에 듬뿍 발랐다. 평생 가족을 위해 뛰어다니셨던 아빠의 발은 슬픔이었다. 링거를 맞고 계신 아빠의 손에 로션을 발랐다. 어린 시절 나를 포근히 감싸주셨던 손이 아니었다. 아빠의 온기를 간직하고 싶어 한참 동안 아빠의 손과 발, 얼굴에 로션을 발라드렸다.

　마지막 힘을 다해 암과 싸우고 계신 아빠에게 딸의 사랑이 전달되기를 간절히 바라고 바랐다.

성실하다는 무기

할아버지는 고학력자이셨으나 자녀들의 학업에는 무관심했다. 가정의 중심으로서 경제활동을 하기보다 책과 한 몸으로 지냈다. 한량이었던 할아버지로 인해 가정 형편은 어려워졌고 자녀들은 교육받을 기회와 멀어져 갔다. 맏아들인 아빠는 공부를 더 하고 싶었지만, 그런 아버지를 대신해 돈을 벌어야만 했다. 성인이 된 아빠는 삶의 태도가 명확했다. 성실, 책임, 정직, 사랑. 아버지를 통한 결핍은 아빠에게 인생의 오답 노트가 되었고, 오답을 고치기 위해 아빠는 네 단어를 몸과 마음에 새겼다.

아빠와 엄마는 부모님의 지원 없이 남원에서 서울로 올라와 행당동에 신혼집을 마련했다. 겨울에는 춥고 여름에는 더운 단칸방이었다. 아빠는 일하는 시간 외에는 부동산 공부를 했다. 주말이면 임장을 가서 주변 환경과 해당 부동산의 입지와 편의시설을 확인했다. 집안 살림이 조금씩 나아지면서 집 한 채를 마련했다. 월급의 70퍼센트를 저축하던 아빠는 어느 정도의 목돈을 마련할 수 있었다. 기존 집을 판 돈과 목돈을 합해 원하던 동네로 이사했다. 이런 단계를 거쳐 아빠는 건물과 땅, 집을 마련할 수 있었다.

아빠의 평일 일상은 한결같았다. 아침 4시 40분에 일어나, 베란다에서 키우는 방울토마토, 상추, 고추, 식물에 물을 준다. 성경을 읽고 기도한 후 신문을 보거나 책을 읽는다. 오전 7시 50분에 출근하고 오후 5시 30분에 퇴근한다. 집에 오면 옷을 갈아입은 후 집 앞 한강에 다녀온다. 샤워 후 저녁 식사를 하고, 저녁 뉴스를 시청하고 나면 잠자리에 든다.

아빠의 성실함이 그대로 내게 유전되었을까? 현재 나는 중학교 1학년 딸과 초등학교 5학년 아들 그리고 초등학교 3학년 아들을 키우고 있는 세 아이 엄마다.

아침 7시 30분이 되면 아이 셋과 남편을 깨운다. 옷장에서 남편과 세 아이가 입을 옷을 선택해 거실 중앙 바닥에 놓는다. 가족이 옷을 입는 동안 식사를 준비한 후 남편과 아이들의 영양제와 홍삼을 챙겨 각자의 자리에 놓는다. 세 아이와 남편이 집을 나서면 창문을 열고 집안 청소를 한다. 청소 후 커피를 마시고 외주 일을 하거나 그림을 그린다.

하교 후 집으로 돌아온 두 아들의 간식을 챙겨준다. 학원 숙제를 체크한 뒤 둘째와 셋째를 학원에 데려다준다. 중학생 딸이 오기 전까지 30분의 시간이 내게 주어진다. 그 시간 동안 그림을 그리기 위해 팔레트에 물감을 짜고 물통에 물을 받고 스케치북을 꺼낸다.

어느 날은 물감을 짜고 있는데, 아이들 상담 전화나 지인에게 전화가 온다. 다른 날은 이제 막 그림에 집중하고 있는데 첫째가 단축 수업으로 일찍 오기도 한다. 딸은 그림에 몰입하는 내 옆에 앉아 쉴 새 없이 학교에서 있었던 일을 쏟아낸다. 딸과의 소통은 좋은 것이다. 알고 있다. 하지만 30분 동안만은 내 그림과 소통하고 싶다. 첫째에게 간식을 챙겨주고 설거지를 한 후 학원에 데려다준다.

10분 뒤 셋째를 데리러 학원에 간다. 먹는 것을 좋아하는 셋째는 집에 오자마자 배고프다고 외친다. 서둘러 저녁 준비를 한다. 셋째에게 저녁을 챙겨주고 나면 둘째의 학원 끝나는 시간이 다가온다. 학원 앞에서 기다리다 둘째와 함께 집으로 돌아온다. 둘째가 저녁밥을 먹고 있으면 잠시 후 퇴근한 남편이 현관문을 연다. 남편과 저녁 식사를 한 후 설거지와 뒷정리를 한다.

첫째의 학원이 끝날 시간이다. 급하게 학원으로 가고, 함께 집에 돌아오면 밤 10시 10분이다. 샤워 후 책상 앞에 앉아 그림을 그리거나 글을 쓰거나 책을 읽는다. 이것이 나의 하루다.

속사정을 모르는 이들은 내가 우아한 작업실에 앉아 매일 그림을 그린다고 생각하는데, 절대 그렇지 않다. 그릴 수 있는 시간이 턱없이 적다. 그림 그리는 사람은 밤늦게 일어나 작업하고 영감이 떠오르면 붓을 든다고 생각할 수 있지만, 나는 아니다. 아이 셋의 엄마이기에 시간을 쪼개 사용하지 않으면 그릴 수 없다.

그리고 싶을 때 붓을 꺼내는 것이 아니라 매일 조금씩 성실하게 작업하고 있다. 이렇게 할 수 있는 것은 아빠가 내게 보여주시고 들려주신 삶의 태도, '성실함' 때문이다. 아빠에게서 배운 성실한 태도는 세 아이 엄마가 지금의 결과물을 쌓을 수 있게 해주었다.

자상한 사람이 되고 싶다

"딸, 이 음식이 모유 수유에 좋대."

친구들은 아빠와 출산과 모유 수유에 관해 말하는 걸 어색하다고 했지만, 나는 그렇지 않았다. 나는 결혼하고 출산한 성인이지만 아빠에게는 여전히 어린 아이다. 나는 아빠와 모든 것을 공유할 수 있었다.

첫 아이를 낳은 후 모유가 잘 나와야 한다며 아빠는 딸이 좋아하는 반찬을 한아름 안고 오셨다. 아이를 남편에게 맡기고 아빠와 함께 아파트 단지를 걸으며 이야기를 나누었다. 은행잎이 가득한 산책로를 함께 걸었다. 아빠는 딸의 속도를 맞춰주고 계셨다. 한참을 걷다가 여쭤보았다. 지금까지 자녀들에게 명령조를 하지 않으실 수 있었던 이유를. 허허 웃으시며 존중의 마음 때문이라고 하셨다.

아빠는 자신을 존중하듯 가족과 타인을 존중하셨다. 성

실하고 자상했던 아빠의 사랑은 아이 셋을 키울 수 있는 밑거름이 되었다.

"뇌암입니다. 현재 상태는⋯⋯."

흰 가운을 걸친 건조한 목소리의 의사는 아빠의 뇌암 소식을 우리에게 전했다. 8시간 동안 아빠는 차가운 수술대 위에 누워 있어야 했다. 수술 결과도 좋았고 회복 속도도 다른 환자에 비해 빨랐다. 집으로 돌아온 아빠는 그동안 힘들었던 몸과 마음을 침대에 모두 내려놓은 듯 드르릉 코를 골며 편안하게 낮잠을 주무셨다. 평소와 같은 모습이셨다. 이전과 같이 출근하시고 퇴근하셨다. 수술 받았다는 사실을 가끔 잊어버릴 정도였다. 아빠는 변함없이 자상하셨고 가족에게 최선을 다하셨다.

지금도 생각해보면 은행나무 아래에서 산책했던 아빠와 뇌암 판정을 받았을 때의 아빠는 내게 다른 사람이 아니라 같은 사람으로 각인된다.

어린 시절, 아빠는 거실에서 TV를 보시다가 딸과 아들이 공부하는 것 같으면 음량을 0으로 줄이고 화면만 보셨다. 공부에 방해될까 싶어 생활 소음도 내지 않으셨다. 아내가 힘들어 보이면 부탁하지 않아도 집안 살림을 했고 음식도 만들었다. 아빠가 해주신 김치찌개 맛은 아직

도 생생하다. 자상함은 가족에 대한 사랑이었다.

　나는 아이를 낳기 전까지 자상함과 거리가 먼 사람이었다. 자기중심적이었고, 세상을 삐딱하게 바라보는 것을 즐겼다. 다른 사람이 "맞아."라고 하면 "아니야."라고 외쳤다. 아이 셋을 낳고 세상 풍파를 겪다 보니 달라지기 시작했다. 세심한 기질은 변하지 않았으나 이전보다 자상한 인간이 되었다. SNS에 그림과 글을 올리면서 자상함이 깊어졌다. 내가 쓴 게시물에 다른 사람의 댓글이 남겨졌기 때문이다.

　'울림이 깊은 말씀을 주신 작가님, 가신 길에 저 또한 마음 한 숟가락 얹어봅니다. 따뜻한 느낌의 작품 항상 감사해요.'

　내 마음이 따뜻하고 편안해지고 싶어 그림에 따뜻함과 편안함을 담으려 노력했다. 혼자만의 감정인 줄 알았는데 댓글을 통해 남들도 그렇게 느끼고 있다는 것을 깨달았다. 내 감정과 그림이 인정받은 것 같았다. 사람들과의 소통으로 자상함이 키워졌다. 이를 계기로 성격이 환경에 따라 어느 정도 변할 수 있다고 생각했다.

"치킨 맛있겠다!"

함께 TV를 보고 있던 막내가 말했다. 시계를 보니 출출할 수 있는 오후 3시 30분이었다. 아이가 먹고 싶어하는 것 같아 치킨을 주문했고, 아이들이 맛있게 먹는 모습을 보니 절로 흐뭇했다. 어른들이 "내 아이가 먹는 모습만 봐도 배부르다."라고 말하는 의미를 전혀 이해할 수 없었던 까칠한 사람이 아이 셋을 낳고 나니 그 말이 입에서 술술 나왔다.

"알겠어요."

말투, 표정, 행동에 따라 '알겠다'라는 단어에 다양한 의미를 담을 수 있다. 아이는 놀이터에서 더 놀고 싶었지만 내 표정을 보며 "알겠어요."라고 말했다. 이제 좀 집으로 들어갔으면 하는 엄마의 마음을 읽은 것이었다. 저 장난감을 갖고 싶은데 엄마가 싫어할 것 같아 작은 목소리로 "알겠어요."라고 하기도 했다. 아이들의 미묘한 감정이 읽혔다. 상황을 살핀 후 아이에게 "엄마는 더 놀고 싶은데, 우리 더 놀고 가자.", "저 장난감이 집에 없는 것 같네. 하나 살까?"라고 말하곤 했다.

첫째가 공부로 피곤해 보일 때면 아이가 좋아하는 음료수와 도넛을 사서 함께 먹으며 이야기를 나누었다. 딸의 몸과 마음이 지쳐 보이면 단둘이 1박2일 여행을 다녀왔다. 새롭고 낯선 공간에 있으면 달라진 기분 때문인지 마음을 나누기에 부족함이 없었다. 학원 공부를 끝내고 나온 첫째가 종종 말했다.

"엄마도 오늘 애쓰셨어요."

아이에게 듣는 이 말은 또 다른 의미의 자상함이었다. 세 아이를 통해 자상했던 아빠와의 추억을 꺼낸다. 비록 부족한 나이지만 자상한 부모가 되기 위해 노력하는 중이다.

그 마음을 차마 헤아리지 못하지만

　아빠는 장녀로 태어난 딸을 당신 몸보다 더 아끼셨다. 고3 미대 입시 시절, 대학교로 실기시험을 보러 다녔다. 그때마다 아빠는 추위 때문에 손이 굳으면 안 된다며 따뜻한 손난로를 건네셨다. 이젤까지 가져가 실기 시험을 봐야 하는 대학교도 있었다. 아빠는 무거운 이젤을 집에서부터 실기실까지 옮겨주셨다. 아빠는 나의 슈퍼맨이자 삶의 버팀목이었다. 무심한 듯 툭 던지는 말에는 딸에 대한 사랑이 가득했다. 아빠는 오후 1시가 되면 전화해서 딸의 끼니를 걱정하셨고, 저녁 7시가 되면 딸의 건강을 챙기셨다.

　하루 두 번 꼬박꼬박 전화하셨던 아빠가 더이상 내 곁에 계시지 않았다. 아빠의 부재를 느끼는 또 다른 한 명은 '엄마'였다.

　1차 수술 후, 엄마는 이해 속도가 느려진 아빠를 돕기

위해 같은 상황을 여러 번 설명하셔야만 했다. 엄마 마음이 편할 때는 아빠를 이해하며 기다려주셨지만, 엄마의 몸과 마음이 지치실 때면 대화를 피하셨다. 엄마는 수술 전의 아빠를 그리워하셨다. 아빠와 나눈 소중한 시간을 어두운 감정으로 보내고 싶지 않았기에 '가족 상담'을 받았다.

아빠는 엄마와 상의도 없이 셋째 작은아버지와 막내 고모의 보증을 서셨다. 그로 인해 엄마는 아빠에 대한 신뢰를 조금씩 잃어가셨다. 작은아버지와 막내 고모는 매번 약속한 날짜에 돈을 갚지 못하셨다. 결국, 우리 집에는 압류딱지가 붙었고, 힘들게 모은 돈으로 마련한 건물을 잃었다. 부모님의 관계가 회복될 무렵, 아빠는 뇌암 판정을 받으셨다.

엄마는 상담사에게 아빠에 대한 사랑, 미움, 측은함 등의 감정을 털어놓으셨다. 아빠에게 보증 사건에 대한 진심 어린 사과와 사랑 고백을 듣고 싶어하셨다. 아빠는 엄마의 마음을 충분히 공감한 듯 고개를 끄덕이며 말씀하셨다.

"미안하고 고마워. 그리고 사랑해."

엄마는 사별로 죄책감, 후회, 분노, 수치심을 겪고 계섰다. 아빠가 처음 아프다고 하셨을 때 병원에 일찍 모시고 갔어야 했다는 죄책감, 아빠의 단점을 인정하고 사랑해야 했다는 후회, 간병을 하며 참고 눌러 온 분노, 부부 동반 모임에 혼자 가야 하는 상황에서 겪는 수치심. 엄마 이야기를 들으며 네 가지 감정 중 어떤 감정에 속하는지 생각해보았다. 파악하려는 태도는 엄마의 마음을 헤아리게 해주었다. 그 감정을 엄마에게 전하며 이런 말씀을 드렸다.

"아빠가 엄마 이야기를 옆에서 듣고 계신다면, 지금 어떤 말씀을 하셨을 것 같아요?"

엄마가 사별 이전의 상황에 집중하고 계신 것이 속상했다. 딸의 감정과 생각을 알고 계신 엄마는 눈물을 흘리며 고개를 끄덕이셨다. 며칠 후 남동생과 함께 엄마를 모시고 호텔로 갔다. 짐을 푼 후 서울시티투어버스를 타고 서울을 구경했다. 서울에서 태어나 서울에서 자랐으나 엄마와 함께 가보지 못한 공간이 많았다.

우리 셋은 함께 걸으며 이야기를 나누었고, 맛있는 음식을 먹으며 허기진 배를 채웠다. 저녁에는 호텔로 돌아와 라운지에서 맥주와 음료수, 간단한 다과를 먹으며 엄마의 이야기를 듣고 또 들었다. 남동생과 나는 엄마의 감정이 잘 흘러갈 수 있기를 간절히 원했다.

조심스럽게 엄마에게 말씀드렸다. 아들과 딸이 엄마 옆에서 든든하게 지켜주고 있으니 잘 보내드린 후 행복하게 살자고. 엄마 인생의 주인은 엄마니까 엄마가 행복하면 좋겠다는 말에 엄마는 또다시 눈물을 보이셨다.

이날 이후 엄마가 조금씩 긍정적으로 변하기 시작하셨다. 큰 변화는 자기 곁의 인연을 이전보다 소중하게 여기신 것이다. 편의점 종업원의 "어서 오세요."라는 말도 반겨주는 것 같다고 하셨고, 미용실 원장님이 "좋은 하루 보내세요."라고 말에도 기뻐하셨다. 사소한 것에 감사를 느끼는 엄마를 보며 나 또한 지금 곁에 있는 사람들과의 인연이 소중하게 여겨졌다. 삶의 모든 순간이 소중했다.

"식사하셨어요?"

아빠처럼 오후 1시, 그리고 저녁 7시가 되면 엄마에게 전화했다. 엄마가 말하는 숨은 의미를 놓칠세라 오늘도 엄마의 이야기를 듣고 있다. 아빠의 '밥은 먹었어?' 식의 사랑을 배워가는 중이다. 어쩌면 그것이 아빠가 내게 남겨주고 간 변하지 않는 마음 아닐까. 아빠를 떠올릴 때마다, 아빠로 인해 슬퍼지려 할 때마다 마음을 추스르고 아빠를 보듯 엄마를 본다.

아빠의 사랑을 기억하는 한, 엄마의 모습을 통해 아빠를 추억할 수 있을 것 같다.

어떻게 쉬지 않고 그리세요

누군가 물었다. 지속해서 그림 그리는 방법이 무엇이냐고. 구체적으로 생각해본 적이 없었다. 그림을 다시 그리기 시작한 시점을 기준으로 반추해보았다.

첫 번째로 의지력을 관리했다. 인간의 의지력은 정해진 총량이 있다고 하는데, 나는 그것을 100이라고 생각했다. 아이 셋을 양육하기 위해 의지력 40을 사용했고, 20으로는 집안 살림을 했으며, 20으로 외부 일을 했고, 남아 있는 20은 개인 작업을 위해 사용하려 했다. 하지만 이것은 이상에 불과했다.

아이 셋을 키우면서 집안 살림을 하고 외부 일과 개인 작업을 하는 것은 역부족이었다. 특히 전시회와 같은 이벤트가 있을 때는 의지력만으로는 부족했다. 그런 경우에는 집안 살림에서 10의 의지력을 빌려 왔고, 외부 일을 자제하거나 마감 일정을 조절했다. 외부 일이 들어오는 대로 다 하면 개인 작업 시간이 부족했기 때문이다. 이런 조절 덕분에 개인 작업 시간을 유지할 수 있었다.

균형을 유지하고 나니 이 시간을 어떻게 활용해야 할지 좀더 구체적인 계획이 필요했다. 월요일은 자료를 조사했고, 화요일은 밑그림을 그렸다. 수요일은 밑바탕을 채색했고, 목요일은 그림의 주제가 되는 부분의 중간색을 채색했다. 금요일은 중요한 부분을 자세히 묘사했고, 토요일은 나머지 부분을 채색했다. 일요일은 전반적인 분위기를 보고 상호 보완한 다음 완성된 그림에 담긴 이야기를 짧게 썼다.

요일별로 나누었지만, 한 번에 할 수 있는 시간적 여유가 없었기에 10분씩 나눠 여덟 번을 하거나 30분씩 나눠 여섯 번을 하면서 총량을 맞추려 했다. 단, 그날 해야 할 일은 다음날로 미루지 않았다. 월요일 계획을 화요일까지 넘기지 않았다. 요일별로 계획을 세워 놓다 보니 내 그림에 대한 만족감이 높지는 않았지만, 결과물이 나왔고 그 결과물을 수정할 수 있었다. 이렇게 작게 세운 계획은 패턴화되었고, 이를 통해 지속해서 그림을 그릴 수 있었다.

얼마 전 그림 에세이 수업을 진행했다. 수업을 진행하

면서 살펴보니 지속해서 그리지 못하는 이유를 어렴풋이 알 수 있었다. 한 번에 그림을 완성하려 했고, 혼자 계획하고 실천하는 것을 어려워했다. 그림 에세이 수업은 요일별 그림 계획에 맞춰 진행했고, 수강생들은 순서에 맞춰 최소한의 양을 그렸다. 부담스럽지 않은 적은 양을 차례대로 그리자 완성작의 만족감이 올라갈 수 있었다.

온라인상에 매일 그림 그리기, 하루 10분 그림 그리기 등과 같은 수업을 볼 수 있는데, 그들에게 전하고 싶은 말이 있다. 두꺼운 책을 읽을 때 챕터별로 나눠 읽는 것처럼 하루에 완성된 그림을 그리려 하지 말고 요일별로 조금씩 나누어 하면 어렵지 않게 1주일 혹은 2주일 안에 그림을 완성할 수 있고, 이는 지속해서 그림을 그릴 힘이 될 수 있을 것 같다고.

다시 누군가 지속해서 그림을 그리는 방법이 무엇이냐 묻는다면 자신 있게 말할 수 있다. 요일별로 계획을 세운 후 자신의 의지력을 살피면서 사용할 수 있는 시간에 계획을 실천하라고. 단, 최소한의 계획을 세우고 어느 정도 익숙해지면 그보다 좀더 큰 계획을 세우길 바란다고.

마음이 닿는 길

예민하게 사람을 관찰하고 매일 꾸준히 그리다 보니 스트레스가 늘어 힘들었다. 운동하면서 스트레스를 해소하고 싶어 필라테스와 PT 회원권을 끊기도 했지만, 일정한 시간에 간다는 것은 불가능한 일이었다. 세 아이를 키우면서 마감이 있는 외부 일을 해야 했기에 자투리 시간에만 집밖에 나갈 수 있었다. 자투리 시간이었기에 일정하지 않았고 어떤 날은 그 시간조차 없었다. 그림 그리는 것을 패턴화했지만 일상의 순간들이 마음처럼 되지 않았다. 제약이 많았지만 걸으면서 생각을 비워야 했고 그림 소재를 찾아야만 했다.

이런 내게 맞는 방법은 '산책'이었다.

2021년 3월부터 아이들과 함께 산책을 시작했다. 매주 수요일은 다른 요일에 비해 학교에서 일찍 끝났다. 큰아이까지 하교하면 세 아이와 함께 산책하러 나갔다. 여아이고 중학생이 된 첫째는 거친 랩을 하듯 자기 이야기를 쉼 없이 쏟아냈다. 초등학교 5학년과 초등학교 3학년 아이는 자연에 취한 듯 몸으로 격하게 대화를 나누었다. 웃으면서 서로를 툭툭 건드리다가 한 명이 울면 내게 다가와 서로의 잘못을 이야기하기 바빴다. 이야기를 다 하고 돌아선 두 아이는 언제 그랬냐는 듯 서로 껴안고 놀기 시작했다. 역시 피를 나눈 형제다웠다.

처음에는 산책 과정이 힘들었고, 나갔다 오면 지쳐 낮잠을 자야만 했다. 하지만 아이들과 나는 산책으로 소통의 기쁨을 조금씩 느꼈고, 무언가에 홀린 듯 우리는 매주 산책을 했다.

산책을 통해 경험한 것을 남편과 나누고 싶었다. 나와 아이들은 꾸준히 산책했지만, 남편은 쉽지 않았다. 그는 40대 초반의 세 아이 아빠다. 며칠 전 그는 일이 재미없고 성취감을 느끼지 못한다고 했다. 경제적으로 불안한 사회에서 오는 스트레스를 감당하기 힘들어했다. 앞만 보고 달리던 그에게 휴식이 필요해 보였다. 움직이지 않고 집에서 멍하니 TV만 보던 그를 일으켰다.

다섯 식구는 산책을 시작했다.

가족 산책에 변화가 생겼다. 이전까지는 휴대전화와 지

갑만 가지고 나갔다. 하지만 올해부터는 펜과 스케치북, 물감을 챙겼다. 제일 먼저 그림에 담은 곳은 남양주 한강 공원이었다. 한강 근처에 있는 한정식 식당에서 점심을 먹은 후 아이들과 남편은 공놀이하고 나는 주변에 보이는 의자에 앉아 그림을 그렸다.

붉은빛으로 물드는 한강은 시간의 흐름을 보여주었다. 시간이 지날수록 자전거 타는 사람의 수가 줄어들었다. 시간과 사람 수의 변화는 세월의 변화를 보여주었다. 인생을 색으로 표현하고 싶은 욕망에 사로잡혔다. 탄생부터 아동기까지는 파란색, 청년기부터 성인기까지는 초록색, 중년기는 보라색, 노년기는 주황색으로 그리기 시작했다.

세상에 태어나 부모의 보살핌 아래 살다 짝을 만나 결혼하고 아이를 낳는다. 세월이 흘러 성인이 된 아이는 자신만의 가정을 이룬다. 남겨진 부모는 서로를 의지하며 살다 자연으로 돌아간다. 유한한 인생을 생각하니 아이들과 남편의 모습이 애틋하고 소중했다.

"예술은 우리 영혼에 묻은 일상생활의 먼지를 씻어준다."라는 파블로 피카소의 말이 떠오르는 순간이었다.

세월의 흐름은 계절의 흐름으로 이어졌다. 계절의 변화

하면 주세페 아르침볼도의 〈봄〉, 〈여름〉, 〈가을〉, 〈겨울〉이 떠오르곤 했다. 그의 그림은 계절에 맞는 식물들을 조합해 사람의 이미지를 만들었다. 〈봄〉은 다양한 꽃들과 잎으로, 〈여름〉은 제철 과일로, 〈가을〉은 포도와 호박, 밤송이 등의 곡식의 낟알로, 〈겨울〉은 잎사귀가 떨어진 고목과 오렌지, 레몬으로 표현했다. 르네상스 시대의 이탈리아 화가 주세페 아르침볼도는 막시말리안 2세를 만나 창의력을 발휘했다.

1569년 새해 선물로 막시말리안 2세에게 〈봄〉, 〈여름〉, 〈가을〉, 〈겨울〉이라는 제목의 초상화를 바쳤다. 사람과 식물이 뒤섞여 있는 기이한 초상화를 본 사람들은 경악을 금치 못했다. 하지만 황제의 태도는 달랐다. 시간의 흐름을 관장한다는 의미로 황제의 권위를 높여주는 작품임을 황제는 간파했다. 황실의 권위를 나타내는 홍보 수단이었던 초상화의 특성에 맞는 작품이었기에 황제는 그의 그림에 만족해했다. 아르침볼도의 초상화는 무능한 황제의 이미지를 태평성대를 이룬 황제의 이미지로 바꾸기에 부족함이 없었다.

충격적일 수 있는 작품을 그린 주세페 아르침볼도는 매 순간 신선하고 엉뚱한 충격을 주는 아이들과 같았다. 작품의 의미를 파악하고 인정한 황제는 아이들의 개성을 인정하고 지지하는 나와 같았다. 시간이 흐를수록 명화의 가치가 오르듯 아이들 안에 있는 보물이 빛을 발해 자신만의 삶을 당당히 살아가기를 소망했다.

그리기에 몰입하던 내 옆으로 아이들과 남편이 왔다. 남편은 의자에 앉아 한강을 바라보았고, 아이들은 집에서 가져온 스케치북에 자신만의 그림을 그리기 시작했다. 각자 말없이 자신이 원하는 것을 했다. 자유가 주는 여유는 편안함을 주었다.

충분히 힘들었으니

자기 실수, 타인의 잘못, 환경설정 오류 등 여러 가지 이유로 위기가 찾아왔다. '위기는 기회와 맞닿아 있다. 위기는 성장의 기회다.' 라고 여러 매체에서 말했다. 알고 있었지만 실제 상황에서는 피부에 와닿지 않았다. 잠깐의 숨 고르기가 필요한 성향인데 노력과 열정을 강조하는 것이 부담스러웠다.

생각과 언어가 부정적으로 변했고 우울감이 찾아왔다. 위기에서 벗어나려 했지만 피하면 피할수록 고립되었다. 남은 인생에서 넘어야 할 산이었으나 지금은 넘고 싶지 않았다. 머뭇거리는 시간이 필요했다. 에너지를 충전한 후 인생의 거센 파도를 타기로 마음먹었다.

위기 대처 능력 수준이 낮기에 생각 정리가 필요했다. 글을 쓰면서 생각을 정리했다. 손은 긍정적인 결론을 향해 가려 했으나 머릿속은 불안감과 두려움 때문에 부정적인 결론을 향해 나아가고 있었다. 현실과 이상의 격차가 점점 벌어졌다. 간격의 차이를 좁히기 위해 붓과 종이를 들었다. 마음 가는 대로 그림을 그렸다. 그림에 집중할수록 현실에서 조금씩 벗어날 수 있었다.

드디어 마음에 빈 곳이 생겼다. 그 공간은 작은 열정과 노력으로 채워져 갔다.

그림을 통해 파도타기를 즐기고 무사히 산을 넘었냐고 묻는다면 자신 있게 "네!"라고 답하지는 못했다. 열정과 노력 외의 것들도 필요했고 환경의 변화에 제대로 대처하지 못하기도 했다. 하지만 이것만은 분명했다. 이전보다 잘 타고 넘을 수는 있었다.

작은 캔버스와 아이패드로 그림을 그렸다. 큰 그림을 그릴 여력이 없었기에 작은 캔버스와 아이패드를 선택했다. 짧은 시간 동안 그림에 집중하고 나면 사우나에 가서 시원하게 땀을 흘리고 나온 것처럼 마음이 개운했다. 작은 그림의 완성은 성취감을 선물해 주었다.

내가 생각하는 아이패드에 그리는 장점은 네 가지다. 수정이 쉽고 휴대성이 높다. 잘 그려야 한다는 압박감에서 벗어날 수 있고, 손 그림보다 완성작의 부담이 적다. 이런 장점은 침체기를 극복하기에 안성맞춤이었다.

작은 캔버스와 아이패드로 그린 그림의 완성은 큰 그림보다 성취감을 빨리 느끼게 해 주었고 마음의 스위치를 긍정 쪽으로 켜주었다. 반짝하고 들어온 불은 침체기로 어두웠던 마음을 밝혀주었다. 빛의 강도는 매번 달랐지만 걸어가야 할 길은 볼 수 있었다.

그렇게 하루에 0.1퍼센트씩 앞을 향해 걸어갔고 꾸준히 걷다 보니 지금이 되었다. 15년 경력 단절 아줌마가 외주 작업으로 돈을 벌 수 있었고, 전시회를 하고, 강의도 할 수 있었다.

돌이켜 생각해보면 위기는 기회와 맞닿아 있었고 성장의 기회였다. 당시에는 죽을 것처럼 힘들었고 피하고 싶었지만, 극복하기 위해 움직이다 보니 어느 정도는 넘어갈 수 있었다. 위기에서 벗어나려면 숨을 고를 수 있는 여유와 기존에 하던 일보다 작은 일을 하면서 얻는 성취감이 필요했다. 이런 여유와 작은 일의 성취감은 침체기를 극복할 수 있게 해주었다.

끝까지 그린다

아빠가 돌아가신 후, 마음을 담은 그림과 글이 차곡차곡 쌓였다. 나를 옆에서 지켜보던 지인은 그림 작품도 많고 퀄리티도 좋으니 일러스트 플랫폼에 올려보라고 했다. 생각하지 못한 그 말에 귀가 솔깃해졌다. 플랫폼에서 작가 신청이 받아들여질지, 목적 없이 나만의 만족으로 그렸던 그림이 남들에게는 어떻게 비칠지 궁금해졌다.

2020년 1월 1일, 일러스트 플랫폼에 작가 신청을 했다. 플랫폼에 작품을 올리며 나의 과거를 다시 한번 되짚어보았다. 그림은 그 그림을 그리던 당시의 계절, 마음 상태, 주변 환경을 담고 있었다. 그림 한 점 한 점이 아이처럼 소중했다. 그림은 철저히 무시되고 일어설 수 없었던 자신을 세상 밖으로 보내주었다.

플랫폼에 50점의 작품을 올렸다. 3일 뒤, 기대하며 기다린 결과의 문자가 왔다.

"작가 신청이 승인되었습니다."

플랫폼에 그림을 올린 지 20일 후 첫 의뢰가 들어왔다. 처음으로 계약서를 쓰고 업체에서 원하는 그림을 그렸다. 지인의 말처럼 나 혼자만의 그리기로 끝났다면 지금처럼 꾸준하게 그리는 것은 힘들었을지도 모른다. 생각하지 못했던 시도는 새로운 경험을 할 수 있게 했다.

연락 온 업체에서는 시설 안내 사인을 위한 그림을 원했고, 담당자는 일러스트 플랫폼에 올린 라인 드로잉의 느낌을 살려 작업해달라고 했다. 보내준 사진을 참고해 작업을 시작했다. 모든 과정이 신기하고 즐거웠다. 무엇보다 무언가를 할 수 있다는 감정은 밤샘작업의 피로를 잊기에 부족함이 없었다. 손이 빨라서 마감 일정보다 일찍 마무리된 작품을 업체에 보내주었다.

얼마 후 작업을 진행했던 업체의 담당자에게서 문자가 왔다. 문자 속에는 감사의 말과 완성된 시설 안내 사인의 사진이 있었다. 좋은 인연을 맺고 만족스러운 결과를 얻은 모든 순간이 소중했다.

그림 그리는 작가가 되자 글 쓰는 작가에 도전하고 싶었다. 글 쓰는 플랫폼을 검색했고, 작가로 신청하기 위해 지금까지 그린 그림과 글을 하나로 엮었다. 시간 순서대로 목차를 만들고, 작가 신청 버튼을 꾹 눌렀다. 3일 뒤, 승인 메일을 받았고 글 쓰는 작가가 되었다.

본격적으로 다양한 플랫폼을 통해 내 그림과 글을 세상에 조금씩 보여주었다. 어려서부터 성격이 급했던 탓에 어떤 일이 주어지면 바로 해결해야 했다. 성격 때문인지 손이 빨라 그리는 속도뿐 아니라 쓰는 속도도 빨랐다.

인생의 고비를 잘 넘기기 위해, 하지 않으려는 게으름을 이기기 위해, 아빠가 원했던 그림 그리는 딸이 되기 위해 끊임없이 그리고 썼다. 거북이처럼 느렸지만, 개미처럼 성실하게 일주일에 두 편의 글과 두세 점의 그림을 플랫폼에 올렸다. 꾸준히 올린 과거와 현재의 기록들은 나를 더 단단하게 해주었다.

누군가에게 의뢰받고 작업한 것이 아니었지만, 아빠 그리고 나와의 약속을 위해 6개월 동안 48개의 글과 50점의 그림을 완성했다. 결과만 보고 내가 글을 쓰고 그림을 그리는 것이 쉽게 보일 수 있겠지만, 전혀 아니다. 예측 불가능한 인생의 쓴맛, 단맛, 떫은맛, 매운맛, 짠맛, 신맛을 골고루 맛보았다. 삶의 큰 굴곡들을 지나며 인생을 대하는 자세가 편안해졌고, 정신적 타격으로 넘어지더라

도 예전보다 빨리 일어날 수 있었다. 세상 밖으로 그림과 글을 표현하면서 회복할 힘을 얻었고, 그 힘 덕분에 다른 사람과 소통하며 공감할 수 있었다.

나만 보던 그림을 남들에게 보여준 첫 작품은 〈별이 내린 봄의 소리〉다. 삶이라는 큰 원 안에 나는 살고 있다. 인생의 수많은 굴곡 속에서 희로애락을 느끼며 나만의 속도와 모양으로 원을 채워가고 있다. 태어난 순간부터 필연적으로 맺은 관계를 통해 상처를 주고받았다. 상처는 나를 붉게 물들였고, 시간은 상처를 아물게 해주었다. 세월이 흘러 과거의 연결은 현재를 만들었고, 연결된 현재는 미래를 만들고 있다. 순식간에 지나간 시간 안에서 슬픔과 아픔이 있었지만, 조건 없는 지지와 사랑을 주었던 아빠와 엄마가 있었기에 감당할 수 있었다. 이제야 내면의 깊은 곳까지 파고든 모든 순간이 원 안에서 빛을 발하기 시작했다.

멈추지 않고 지금처럼 내 속도에 맞추어, 붓을 들 수 있을 때까지, 그릴 것이다.

화가로 산다는 것

아빠가 돌아가신 후 4년 만에 그림을 그리기 시작했다. 한참 손을 놓은 그림을 다시 시작하기 어려웠고 그중 가장 큰 이유는 세 아이의 육아였다. 하지만 4년 동안 162장의 그림을 그렸다. 이렇게 그린 이유는 단 하나였다. 아빠의 마지막 말 때문이었다.

"수진아, 네가 그림을 그리면 좋겠다."

쉴 수 없었다. 그 시간을 보상하려는 듯 미친 듯 그림을 그렸다.

처음에는 나를 누구보다 응원한 남편이었지만, 시간이 흐르면서 걱정하기 시작했다. 세 아이를 키우며 쉼 없이 그림을 그렸고, 그림에 집중하면 먹거나 자지도 않았기 때문이다. 그는 무언가 잘못되어가고 있다고 느꼈다.

어느 날, TV를 보다가 나도 모르게 이런 말이 터져 나왔다.

"저 아줌마도 남편 삶을 대신 사나 봐."

아무에게도 하지 못했던 마음이 TV 속의 그녀에게 투영되었다. 사실 나는 돌아가신 아빠의 생을 살고 있다는 사명감이 있었다. 그 말을 들은 남편이 내게 물었다.

"계속해서 그리는 진짜 이유가 뭐야?"

지금까지 말하지 못한 마음속을 꺼냈다. 그는 세 아이와 자신이 내게 어떤 존재인지 모르겠다며 화를 냈다. 남편은 장인어른이 하신 말씀의 근본은 사랑이라고 했다. 잘 먹지도 않고 잠도 제대로 자지 못할 정도로 그리는 것을 원하지 않으실 거라고 했다. 남편의 반응을 통해 나를 돌아보았다. 이런 생각을 하는 것이 나와 가족에게 좋지 않다는 것을 알고 있었지만 스스로 제어되지 않았다.

이 생각 때문에 제대로 잘 수 없었고, 많은 스케줄을 소화하면서도 남들이 부탁하는 것을 거절하지 못했다. 6개월 후 눈이 충혈되면서 비염이 심해졌다. 재채기가 쉼 없이 나왔고 한기를 느꼈다. 한숨 자고 일어나려 했으나 반나절이 지나도 일어날 수 없었다. 눈을 뜨는 것도 힘들었다. 남편이 끓인 흰쌀 죽을 먹자마자 구토하기 시작했고, 결국 탈수 증상이 왔다. 병원에서 영양제 주사를 맞으면서도 중간중간 구토를 했다. 구토를 멈추고 30분 정도 숙면을 할 수 있었다.

무리하게 살다 보니 몸에 이상반응이 나타났고, 몸의 반응을 느껴 비로소 멈출 수 있었다. 하루 이틀은 정신 차릴 수 없을 정도로 몸이 힘들었지만 세 아이 때문에 제대로 쉴 수 없었다.

내면에 자리잡은 생각이 나를 끌어내리지 못하도록 그리는 시간과 쉬는 시간을 똑같이 맞추려 했다. 한 시간 동안 그리면 다음 한 시간 동안 일부러 쉬었다. 쉬는 시간 동안 집에 있으면 다시 붓을 들려 했기에 밖으로 나가야만 했다. 아무 생각 없이 산책했고, 마트에 들러 장을 보고 집으로 돌아와 반찬을 만들었다. 음식 냄새가 가득한 집안 공기를 아이들이 좋아했다. 아이들과 함께 자전거를 타고 산책하는 시간을 점점 늘렸다.

하지만 내면 깊숙이 숨어 있던 생각이기에 완전히 흘려보내지 못했다. 일상을 보내면서 문득 그 생각이 떠올랐고, 그럴 때면 몸의 반응을 살폈다. 비염이 심해지는지, 눈이 충혈되었는지, 오한을 느끼는지. 이전보다 무리하지 않으려 했고, 반응이 왔을 때는 남편과 엄마에게 도움을 청했다. 그렇게 세 아이를 맡긴 후 반나절 동안 푹 쉴수 있었다.

몸에 반응이 오기 전까지는 계획 없이 계속 그렸다. 스케치와 계획 없는 그림은 내게 명상과 같은 효과가 있기 때문이었다. 아무 생각 없이 그린 그림으로 생각이 비워졌고, 비워진 덕분에 이전보다 편안하게 잠자리에 들 수 있었다. 자신에 대한 앎이 생기자 조금씩 쉴 수 있었다.

그림과 쉼의 비율을 조절하며 완성된 그림을 SNS에 공개했다. 처음 올린 것은 괌 여행을 하며 그린 라인드로잉이었다. 몇 시간 뒤 드로잉을 했던 펜 회사에서 연락이 왔다. 내 그림을 자신들의 SNS 홍보에 사용해도 되느냐고. 모르는 누군가에게 인정받았다는 것은 잘 그리고 있다는 안도감과 할 수 있다는 용기를 주었다. 다음 그림의 재료는 마카였다. 마카로 괌 여생 당시 찍은 가족사진을 그려 SNS에 올렸다. 며칠 뒤 마카 회사에서 연락이 왔다. 해외 홍보에 내 그림을 사용해도 되는지.

연달아 게시물 두 개가 인정받자 그림 재료를 바꾸는 것에 대한 두려움이 사라졌고 지금처럼 그려도 된다는 확신을 얻었다.

한계를 알고 있었다. 그림 그리는 사람 이전에 세 아이 엄마였기에 에너지 대부분은 세 아이에게 할당되었다. 남은 에너지로 그림을 그려야만 했다. 적은 에너지로 그림을 그리려면 내가 할 수 있는 최대치와 최소치를 알고 있어야 했다. 시행착오를 겪으며 어느 정도의 에너지일 때 어떤 부분까지 그림을 그릴 수 있는지 깨달았다.

'유명한 화가 되기'나 '돈 잘 버는 그림작가 되기'와 같은 꿈은 없었고, '지금 그려야 하는 그림 그리기'라는 것이 있었다. A4 크기의 그림을 그리기까지 일주일이 걸렸다. 서두르지 않고 매일 조금씩 그렸다. 느리게 그리고 있다고 생각했는데 생각보다 완성된 작품이 많았다. 쌓인 그림들은 천천히 그려도 괜찮다고 내게 말했고, 만족감을 안겨주었다.

4년 동안 지속해서 그림을 그릴 수 있었던 것은 아빠라는 근본 위에 그림과 쉼의 비율을 조절하며, SNS에 그림을 공개했고, 할 수 있는 범위를 파악한 후 지금을 살았기 때문이다. 공개된 그림을 본 사람들은 내게 화가라고 불러주었고, 이를 계기로 남들에게 나를 화가라고 소개할 수 있었다.

내 곁의 모든 삶

　그림을 그리는 것이 캔버스나 스케치북에서만 이루어
지는 것이 아니다. 나는 일상에서 만나는 모든 색상, 모
양, 색깔, 위치와 듣고 느끼는 감정을 머릿속에 그린 후
조합해 새로운 것을 만들려 한다. 일상 속의 예술을 누리
려는 노력은 다양한 아이디어 중 하나를 선택해 구체적
으로 그림에 담을 수 있게 해준다.

　길 위에서 색상과 디자인의 조화를 연구한다. 거리를
걷다가 시선을 사로잡는 디자인이나 조화로운 색상으로
옷을 입은 사람을 보면 머릿속에 저장한다. 집에 도착하
자마자 옷장 문을 열고 비슷한 색상, 디자인의 옷과 가방
을 꺼낸다. 다음날, 어제 선택한 옷을 입고 가방을 든 후
집을 나선다. 길 위의 사람들을 통해 내게 어울리는 디자
인과 색상을 파악하는 것은 재미있는 배움이다.

　대중매체는 미적 감각을 키워준다. TV를 볼 때 화면

구성과 분위기를 가장 먼저 살핀다. 배우보다 벽에 걸린 미술작품이 눈에 들어오고 다음으로 음악과 배우의 의상, 소품으로 이어진다. 눈과 마음을 사로잡는 드라마를 발견하면 미술감독과 그림작가를 검색하고 그들의 작품을 기억한다. 잡지나 책, 신문을 볼 때 편집디자인을 유심히 관찰한 후 가독성이 높고 미적 만족이 높은 디자인을 인지하려 한다.

나는 일상 속에서 예술을 발견하고 삶에 적용하고 싶다. 산책할 때 마음에 드는 구도의 풍경은 휴대전화 속의 프레임에 넣는다. 사진은 그리고 싶은 마음을 자극하고 그림을 그리게 한다. 독특한 인테리어와 소품 구성이 아름다운 공간에 가면 쉴 새 없이 사진을 찍는다. 어떤 부분을 내 공간에 적용하면 좋을지 생각하고 행동으로 옮긴다. 가구를 옮기거나 버린다. 벽에 페인트를 칠하고 재봉틀로 커튼을 만든다. 목공을 배워 원하는 가구를 직접 만들어 내 공간에 배치한다. 그릇과 소품을 살 때 가격 차이가 크지 않으면 디자인이 독특하거나 예쁜 것을 고른다.

선택은 만족감을 주고 또 다른 호기심을 자극한다. 노트 정리는 여러 색상의 볼펜과 형광펜으로 알록달록 예쁘게 정리하고, 과일을 깎아 접시 위에 놓을 때는 가지런히 또는 어떤 규칙과 모양을 생각하며 놓는다.

이런 태도는 일상을 예술가의 눈으로 바라보기 위한 기초 작업이 된다.

'일상 속 예술' 하면 가장 먼저 떠오르는 작가는 '마르셀 뒤샹'이다. 그는 기성품을 예술작품으로 만들었다. 기성품이 가진 기능과 용도가 아닌 예술가가 부여한 의미를 사람들에게 보여주었다. 자전거 바퀴와 스툴로 이루어진 〈자전거 바퀴〉, 남성용 소변기인 〈샘〉, 와인용 걸이인 〈병걸이〉는 예술이란 무엇인지 생각하게 했다.

일상 사물인 자전거 바퀴, 스툴, 남성용 소변기, 와인용 걸이에서 발견한 예술적인 아름다움은 무엇일까? 예술에서 중요한 것은 손기술이 아니라 해석과 개념이 아닐까. 예술가는 자신을 둘러싸고 있는 것에 의미를 부여하고 재탄생시킬 수 있어야 하지 않을까. 관람자의 생각과 감정을 건드리고, 나아가 사회에 질문을 던질 수 있어야 하지 않을까.

"내 아이디어는 찾는 것이 아닌, 결정하는 것이었다."

– 마르셀 뒤샹

그의 말은 일상 속에서 예술을 찾으려는 노력 이전에 예술이라 정의할 수 있는 결단이 필요하다고 말해주는 듯하다. 결단하기 위해서는 내가 원하는 것, 하고 싶은 것이 무엇인지 생각할 힘과 나만의 생각을 존중하는 태도가 중요하다. 내 인생의 결정권은 내게 있으니.

이제 다시 봄

　작업실이 필요했다. 그림 재료와 작품 수가 늘고 있었고, 100호 이상의 그림을 그릴 수 없는 환경이었다. 바닥과 벽에 튀는 물감을 닦아야 한다는 걱정 때문에 그리는 데 제약받고 싶지 않았다. 이건 나의 입장으로, 세 아이 엄마의 입장은 달랐다. 아이들에게 영양가 있는 음식을 만들어주고 싶고, 학업에 차질이 생기지 않도록 숙제 체크와 학원에 데려다주고 데려와야 했다. 아이들의 감정과 생각을 헤아려 공감하고 인생 선배로서 조언해주고 싶었다.

　두 입장의 차이를 좁히기 위해 노트에 장단점을 적어 내려갔다. 지금 사는 집은 방 세 칸에 화장실 두 개, 앞뒤 베란다가 있다. 넓다면 넓고 좁다면 좁은 집이다. 세 아이를 키우면서 그림 작업에 몰입할 수 있으려면 작업실로 사용할 방 한 칸이 더 필요했다.

퇴근하고 돌아온 남편과 저녁 식사 후 작업실에 관한 이야기를 나누었다. 남편은 집 근처에 작업실로 사용할 공간이 있는지 알아보자고 했다. 나는 고개를 절레절레 흔들며 말했다.

"이사 가자."

기가 막혔는지 당황한 것인지 남편이 웃으면서 공간 분리만으로도 괜찮은지 물었다. 세 아이 엄마이면서 방수진인 내 입장을 남편에게 설명하자 공감한 듯 고개를 끄덕였다. 이사는 신중한 문제였다. 지금의 자금으로 내가 원하는 조건의 집을 살 수 없었다. 세상 물정 모르는 여자였다. 잠실에서 벗어나 다른 지역으로 가면 될 것 같다는 남편의 말에 동공이 흔들렸다.

살던 동네에서 벗어난다는 것을 생각해보지 못했고 옮기고 싶지도 않았다. 가까운 곳에 대형마트, 호수, 공원, 미술관이 있고, 무엇보다 아이들을 교육하는 데 안성맞춤이다. 남편은 지금 당장 내가 원하는 곳으로 이사 가는 것은 불가능하다고 했다. 맞는 말이다.

다른 날과 같이 그날 밤도 남편과 함께 TV를 보고 있었다. 드라마에 몰입하는 나와 달리 남편은 휴대전화를 만지작거리고 있었다. 중요한 연락이 온 것이냐며 남편의 휴대전화 화면을 보자 마음이 무거워졌다. 집 주변의 부동산 가격을 들여다보고 있었다. 짐을 준 것 같아 미안했다. 남편에게 유화와 큰 캔버스 작업은 집 근처 화실에서 해도 된다고 말했고, 그는 알겠다고 했으나 눈은 휴대전화로 가 있었다.

내 입장보다 세 아이 엄마의 입장이 강하기에 집이 아닌 곳에서 작업할 수 없었다. 지금에 만족하고 방법을 찾아야 했다. 이전처럼 미술 재료와 이젤은 거실에 놓았고, 노트북과 컴퓨터를 아이들 공부방으로 옮겼다. 디지털 작업과 글쓰기를 할 때는 뻥 뚫린 거실보다 아늑한 방이 좋았다. 나름 분리한 후 필요에 따라 왔다 갔다 하며 그렸다.

빠른 인정과 적응은 적당히 균형을 유지하게 해주었다. 손 그림과 100호 이하의 작업은 거실에서 했고, 디지털 작업과 글쓰기는 방에서 했다. 같은 곳이지만, 공간의 분리만으로도 작업에 더 집중할 수 있었다. 그날 이후 남편과 아이들은 방에 들어오기 전에 노크했고 문도 살살 닫기 시작했다. 가족의 모습을 보며 다시 한번 깨달았다. 마흔 살에 독립출판을 하고 전시회를 열며 꾸준히 그리고 글을 쓸 수 있는 것은 내가 잘나서가 아닌 가족의 도움 덕분임을.

그래, 이제 다시 봄이다.

EPILOGUE

어린 시절, 온 가족이 계곡에 갔다. 난생처음 아빠와 함께 텐트를 쳤고, 집이 아닌 야외에서 밥을 먹었다. 식사 후 남동생과 함께 튜브를 챙겨 계곡으로 향했다. 시원한 계곡에는 휴가를 즐기려는 이들로 붐볐다. 아빠와 엄마는 물놀이를 즐기는 나와 남동생을 흐뭇하게 바라보았고, 우리는 시간 가는 줄 모르고 신나게 놀았다. 늦은 저녁, 가족 모두 잠자리에 들었다.

새벽 무렵, 아빠와 엄마의 다급한 목소리와 요란한 빗소리에 깨어났다. 텐트의 지퍼를 열자 아빠는 비를 맞으면서 텐트 주위에 빗물이 잘 빠져나가도록 홈을 파고 있었고, 엄마는 아빠가 비에 젖지 않도록 우산을 들고 있었다. 다른 텐트들도 마찬가지였다.

기상청 예보를 확인하고 여름휴가 날짜를 잡았지만, 예상 밖의 상황이었다. 아침이 되자 새벽 내내 억수같이 쏟아지던 비가 그쳤고, 언제 그랬냐는 듯 여름 햇살이 텐트 안을 뜨겁게 데웠다. 우리는 다시 튜브를 들고 계곡으로 향했다.

하루 동안 날씨의 변화뿐 아니라 감정의 변화도 있었다. 비가 미워 원망하기도 했고, 햇볕이 강해 불평하기도 했으며, 다시 비가 내릴까 봐 두렵기도 했다. 다양한 감정을 느끼던 나는 결혼, 세 아이 출산, 아빠의 죽음, 다시 그림 그리는 과정을 겪으며 나를 찾았다. 그림을 그리고 글을 쓸수록 감성과 이성이 가벼워졌다. 무겁게 사는 어려움과 가볍게 사는 즐거움을 알게 되었다.

내 삶은 수채화와 닮았다. 자연스럽게 흘러가는 물과 물감처럼 계절의 흐름에 따라 살아가고 있다. 매일 주어진 것에 집중했고, 순간의 소중함을 느꼈으며, 성공을 외치기보다 성장하고 싶었다. 경력 단절과 세 아이의 엄마라는 상황 때문인지 모르겠지만, 성장의 기준 또한 어제보다 좀더 나은 모습에 초점을 두었다. 어제보다 선 하나를 더 그린 것에 들뜨고 한 줄이라도 글을 쓴 것에 행복해했다.

매일 꾸준히 그림을 그리고 글을 쓰면서 행운과 마주했다. 그 덕분에 그림으로 먹고살 수 있었고 사람들과 소통할 수 있었다. 노력과 능력은 당연히 갖춰야 하지만, 운도 무시할 수 없다는 것을 알게 되었다. 물론 운은 예측하거나 바란다고 다가오는 것이 아니었다. 인생의 파도를 타다 보면 맞이할 수도 있고 아닐 수도 있다. 막연한 운을 기다리는 것이 아닌, 지금 이 순간을 소중하게 여기는 마음이 더 중요했다. 지금이 쌓여 내가 되었으니. 이런 깨달음은 운을 바라는 것이 아닌, 지금 내게 주어진 시간을 소중히 여기게 했다.

청소한 뒤 커피 한 모금을 마시며 창밖을 바라볼 때 살아 있음에 감사했고, 그림을 그릴 수 있는 재료와 시간이 있음에 기뻤고, 외부 일을 맡아 할 수 있다는 사실은 그래도 내가 잘살고 있다는 안도감을 주었다. 스스로 깨닫고 스스로 만족하는 삶을 살 수 있었다.

자신과의 대화가 점점 즐거워졌고 덕분에 고독을 즐기게 되었다. 고독이 주는 잔잔함이 수채화로 표현되었고, 완성된 그림은 남들에게 외로움, 편안함, 기쁨, 슬픔 등과 같은 감정을 선물했다. 수채화로 시작된 그림 인생의 다음은 전시회, 그림 에세이 작가, 그림책 작가로 이어질 것이다. 그림 안에 행복이 있음을 알기에 지금처럼 꾸준히 그림을 그리고 글을 쓰며 나만의 풍경을 만들고 싶다.

여백을 담는 일상의 빛깔